Une opportunité sanglante pour un ex-bouffon

David Lajeunesse

Tous droits réservés.

ISBN : 9798833148570

Parce que la musique occupe une grande partie de ma vie, je vous joins quelques chansons qui ont beaucoup joué en *background* ici durant l'écriture de ce manuscrit.
Si ça ne vous tente pas, vous savez quoi faire… héhé.
- Skin par Rag and Bone
- Bring me to life par Evanescence
- Cow-boys from hell par Pantera
- Society par Eddie Vedder
- The way par Fastball
- Every breath you take par The Police
- Slaughtered par Pantera
- A little piece of heaven par Avenged Sevenfold
- Good friends and a bottle of pills par Pantera
- Disposable teens par Marilyn Manson
- Dead skin mask par Slayer
- Down with the sickness par Disturbed

Bonne écoute !

Attention !

Ce que vous vous apprêtez à lire est évidemment fictif, on ne se le cachera pas ! Par contre, vous verrez que j'utilise la narration au "JE", que le texte est lu et récité par Gérald, mon principal protagoniste.

Ce manuscrit est rédigé à la québécoise, les erreurs de syntaxes, les dialogues bourrés de joual sont voulus, pour conserver l'authenticité de la langue, leur patois et leurs expressions. C'était tout un challenge d'écrire de cette façon, mais j'ai trippé ma vie. J'espère que vous aurez autant de plaisir à le lire que j'en ai eu à l'écrire.

Je vous avertis, et de toute façon, vous aimez ça, ce texte est destiné à un public de plus de dix-huit ans. Ça sacre et ça saigne.

Comme vous me connaissez, je ne changerai pas, ce livre est bourré d'humour. Quelle surprise !!

Allez, bisous.
Bonne lecture !

Une opportunité sanglante pour un ex-bouffon

1. L'attente en file… et la rencontre de Pat

Rue St-Denis, Montréal
Vendredi, le 6 juillet 2018, au petit matin

La file d'attente est trop longue, je ne vois même pas la porte d'entrée. Il doit y avoir douze mille putains de clowns ici. C'est à croire que tout le monde qui se barbouille la face pour faire rire des enfants ont tous perdu leurs jobs en même temps, tabarnac.

C'est pas un emploi comme les autres, de faire le comique devant une tonne d'enfants surexcités, surdosés de cochonneries, de boisson gazeuse et autres vidanges à vous garrocher le glucose et le cholestérol dans le tapis. Mais je les aime ben quand même ces p'tits crisses là. Juste de les voir rire de mes niaiseries fait ma journée. Les *kids,* ils sont… comment dire… authentiques. Ils ne sont pas des hypocrites, voilà. Correction : les enfants en bas âge, là, pas les gringalets de 14 ans et de 14 pieds de haut qui se grattent les genoux sans se pencher tellement ils sont encore mal-foutus à leur âge.

Le pire de la job en question, c'est les parents. Et ça commence dès qu'ils ouvrent la porte. Ils me regardent comme le pire des hosties de mongols, comme si je débarquais d'un vaisseau spatial directement sur leur gazon, câlice. Hellooo !! Vous avez commandé un clown, bout d'crisse, vous vous attendiez à qui ? Rihanna ?

Bref, je suis en ligne ici parce que j'ai lu une annonce dans un journal *cheap*. Une compagnie quelconque avec zéro info cherche un… saltimbanque. Ce mot là n'a pas été utilisé depuis le moyen-âge, simonac. Tenez, regardez ça.

> ***Vous en avez assez de faire le clown pour des pichenettes ?***
> ***Vous êtes un ou une artiste de scène ?***
> ***Saltimbanque recherché(e).***
> ***Présentez-vous au 3459 rue St-Denis, le 6 juillet à 8h00 am.***
> ***Ne manquez pas votre chance.***
> ***Emploi très récompensant, dans tous les sens du terme.***

Bizarre hein ? Mais ça ferait changement. Et ça ne me coûte rien de venir voir ce qui en est. Je suis de nature curieuse. En autant qu'ils ne me demandent pas d'égorger une chèvre devant une foule de supporters de la *WSPA[1],* ça me va.

Ça avance, mais ils laissent entrer un seul candidat à la fois, et ça dure quinze minutes, top chrono, je l'ai compté. À ce rythme-là, il y en a encore sept devant moi, il est dix heures et quart, ça veut dire que c'est mon tour à midi pile. J'aime ça calculer des niaiseries, pour passer le temps. Je n'ai pas les moyens de m'acheter un de ces téléphones intelligents pour jouer à ces jeux débiles et naviguer sur les réseaux sociaux. De toute façon, j'adore lire et j'emprunte beaucoup de livres à la bibliothèque. J'ai aucun crédit, je n'en ai jamais eu, et j'ai autant d'économies qu'un nouveau-né. Mais ils m'ont eu avec "très récompensant", alors, je patiente.

Le gars devant moi s'est retourné et il me dévisage depuis un bon cinq secondes.

---

[1] World federation for the protection of animals (Fédération mondiale de la protection des animaux)

Grand bonhomme, il doit mesurer près de six pieds trois. Belle gueule tout de même, mâchoire carrée, cheveux brun foncé en bataille. Yeux gris pétillants de vie, sur un fond rougeâtre de fumeur de cannabis à la puissance dix.

- Tu sais-tu c'est quoi comme job, toé, *man* ? Ça l'air fucké leur annonce, t'as-tu une idée ? Pis à fait frais chier en plus, avec la belle écriture pis toute.

Évidemment. Toujours un hostie d'illuminé pour venir m'emmerder quand j'en ai le moins envie.

- Aucune idée, monsieur.
- Ah ok, c'est parce que tsé, c'est pas clair leur affaire. Pis leur annonce fait pré… prést… comment on dit ça déjà, tabarnac ? Préssen…
- Prétentieux.
- C'est ça !! Haha ! T'es hot *man* !

Là, un téléphone aurait été très pratique à avoir sous la main pour faire semblant de prendre un appel… Mais non, là, tout ce que je peux simuler, c'est une crise cardiaque, et c'est trop de planification, ça me tente crissement pas. Et j'ai aucune idée du pourquoi il trouve ça prétentieux, mais bon, vous savez les gens, des fois… vaut mieux les laisser vivre leur vie en paix et être heureux.

- N'empêche que j'ai pas plus d'infos que vous… Je suis autant dans le néant que tout le monde ici, je pense.
- Ok ouin, mais toé ? T'en penses quoi ?

Voyons… Il me niaise certain là… Respire Gerry, calme-toi.

- Je vous le répète monsieur, je ne sais pas du tout de quoi il s'agit. *I have no fucking clue. Nu știu ! Keine ahnung* ! Je peux pas être plus clair, là.

Ben oui, je parle l'anglais, le roumain et l'allemand aussi. C'est ben *cute* sur un C.V. mais ça m'aide que dalle pour travailler. En tout cas, pas dans ce domaine-là. Et avec mon bagage académique inexistant, c'est doublement inutile.

- Ok l'gros, *sorry man.* Tu travaillais où avant ? Tu faisais-tu juste des fêtes d'enfants ? Moé, de temps en temps, j'fais des partys de clowns pour des adultes aussi, c'est crinqué en tabarnac. Pis t'habites tu dans le coin ? Tu veux-tu une cigarette, *big* ?

Je suis supposé répondre en ordre ou quoi ?

- Je faisais plutôt des fêtes pour les enfants, jamais pour les adultes. D'ailleurs, je comprends pas le but d'un clown dans un party d'adultes, faudra que vous m'en parliez un peu plus, après l'entrevue. Oui, j'habite sur la rue Sherbrooke, et non merci, je ne fume pas la cigarette.

Peut pas être plus en ordre que ça.

- Haha ! T'es malade man ! *Full* réponses une après l'autre. Un esti de fucké ! C'est vrai que j'en pose des questions hein ? J'ai toujours été de même. Une vraie pie câlice. Faque, je m'excuse *man*, si je t'énarves.

Bon. Un emmerdeur jouant la carte de la victime. Je fais quoi là ? Je dois m'excuser et l'encourager à continuer de me pourrir la vie jusqu'à ce qu'il entre ? C'est probablement ce qui va arriver.

- Vous ne m'énervez pas. Et puis, c'est quoi votre nom ? Moi, c'est Gérald, mais vous pouvez m'appeler Gerry.

- Pat. Mais, c'est correct, je tombe sur les nerfs de la plupart du monde, j'en suis conscient. J'parle mal pis je parle fort, le monde aime pas ça.

- Je ne sais pas quoi vous répondre là…

Si j'avais pas merdé mon mariage avec Isa aussi… je serais pas pogné à faire la file ce matin pour me quêter une job de marde. Et c'est pas parce que j'ai pas essayé. J'ai tout donné pour cette union-là, calvaire. Pas moyen de la satisfaire, dans tous les sens du terme, à part les premiers deux ans, je dirais. Pas que j'avais rien à me reprocher, au contraire, j'ai mes défauts comme tout le monde, mais pas de l'indifférence envers ma femme, ni même une once d'écœurement. Vers la fin, quand je tentais de lui adresser la parole un minimum, elle me regardait presque avec dégoût. Alors, j'ai cancellé le projet d'essayer.

Je ne l'ai jamais trompée, je ne suis jamais même passé proche. Je l'ai toujours respectée, protégée, et j'ai toujours tenté de combler ses besoins du mieux que je pouvais. Tout ce que j'avais en échange, c'était des faces de cul, des roulages de yeux et des soupirs aussi longs que la morve qui coule du nez d'un kid, après avoir éternué… Bref, je lui tombais sur les nerfs, tout le temps.

On en perds-tu des années à rester malheureux parce qu'on ne veut pas faire le *move*, hein ? C'est un peu triste, mais d'un autre côté, je suis assez soulagé qu'elle ait pris la décision de crisser son camp. Libéré d'un gros poids sans avoir eu à prononcer un seul mot.

*

Bon enfin, plus qu'un seul avant que mon cher coloc de file d'attente me laisse un peu vivre ma vie. J'aimerais ça être à l'aise quand un inconnu décide de venir me jaser *rien que sur une gosse*, de même, mais y'a rien à faire, ça me vide de mon essence vitale...

- J'suis le prochain Gerry. Ben hâte de savoir. Souhaite-moé bonne chance, *man !*
- Bonne chance Pat. Tenez, je vous laisse mon numéro, au cas qu'on se revoit pas. J'aimerais qu'on jase de vos partys d'adultes… ça m'intéresserait peut-être si ça ne se passe pas super bien ici, avec l'entrevue…
- Ça marche, mais si t'arrêtes de me

vouvoyer, câlice.
- *Deal*.

Mon nouveau copain entre à l'instant. Je n'en peux plus d'attendre, j'ai envie de pisser, j'ai faim et j'ai les jambes qui *shakent* à force de rien crisser, planté ici, comme un piquet de clôture qui s'emmerde. J'aurais dû m'emmener un livre hostie de sans-dessein... Aimez-vous ça, vous, lire ? J'ai laissé le dernier bouquin de la fabuleuse auteure Maude Rückstühl, l'incroyable Légion sur le coin de la table ce matin, je croyais pas avoir le temps de lire ciboire...

Si seulement cet emploi pouvait être payant et un minimum plaisant, pour une fois... Je suis devenu un spécialiste de la balloune, un pro du gossage pour en faire des animaux, tabarnac. Un ti-coune qui fait le singe devant dix-douze morveux pendant trois heures pour quarante piastres, avec les parents en *background* qui attendent juste que tu te plantes ou que tu rotes de travers pour faire une plainte.

J'ai déjà été vendeur de voitures aussi, plus jeune. D'ailleurs, c'est de là que je tiens mon faux sourire. Si j'avais l'air bête, je vois pas comment je pourrais faire l'imbécile et les faire rire. Ça serait pas long que je perdrais ma job. Un bouffon avec une tête de marde, il en existe déjà un, et c'est *Pennywise*[2], mais il n'aurait pas trop de succès dans une fête d'enfants. Par contre, les parents le regarderait sûrement pas tout croche lui, ça impose le respect, un clown démoniaque, tsé.

Mais je ne suis pas resté représentant aux ventes longtemps, c'était pas assez payant et revalorisant compte tenu de la quantité de culs à lécher. Pas mon genre. Ça fait une quinzaine d'années que je fais le bouffon, pis c'est drôle, mais c'est de loin ce que je préfère depuis. Au moins les enfants ne sont pas chiants ou arrogants avec moi, ils sont heureux de me voir, authentiques, et ça, ça n'a pas de prix. Mais… même le plus beau des sourires et le plus réconfortant des câlins ne font pas en sorte que je puisse payer mon appartement dégueulasse.

J'aimerais pouvoir entrer chez-moi, sans avoir à crisser un coup de pied dans la porte pour l'ouvrir. Ça serait plaisant aussi d'avoir le <u>contrôle absolu de mes ho</u>sties de voisins. Ou

---

[2] Pennywise (Grippe-sou) est le clown démoniaque du livre à succès de l'auteur américain, Stephen King.

d'être tenté de sortir prendre l'air et fumer un bat sur la galerie, s'cusez, le balcon, sans avoir peur qu'il casse et que je me ramasse dans un *body cast* en plâtre pendant six mois parce que je me suis pété la tronche en chutant de trois étages. J'aimerais pouvoir m'acheter un steak et me le faire griller sur mon BBQ, un écran géant pour regarder le sport, un savon en gel Axe ainsi qu'une "moumouffe" pour me laver la raie et le dessous de la poche comme il se doit. ... M'acheter un téléphone cellulaire pour pouvoir ignorer les gens qui viennent me parler. Alors je continue, j'essaie de...

2. *L'entrevue et le choc*

- Suivant, s'il vous plaît.
Vous devriez voir l'énergumène. Quatre pieds d'air bête.
- Bonjour, votre nom ?
- Euh, Gérald. Gérald Brunet. Est-ce que c'est vous qui engagez ?
- Non, suivez-moi. Vous poserez vos questions à Marcel.

Ciboire... On jurerait que c'est le pingouin dans *Batman*. Et elle me présente le boss en tant que... Marcel ? C'est quoi ça ? Pas de monsieur untel ou de madame unetelle. Au diable le professionnalisme... Quoique j'applique sur une job de clown... tsé.
- C'est ici, au fond à gauche. Bonne chance monsieur Brunet.

Bon, les nerfs, innocent, pis relaxe. Au fond à gauche... C'est aussi silencieux qu'un cimetière ici dedans... Ah, c'est là. Le gars a l'air sympathique, mais pas la blonde à côté de lui.

- Bonjour je m'appelle G...
- Vous êtes Gérald Brunet, oui, nous le

savons. Asseyez-vous s'il vous plaît. Désirez-vous un café ? Une viennoiserie, peut-être ?

- Non, merci. Comment connaissez-vous mon nom ? Je me suis pas inscrit nulle part à ce que je sache.

- En effet, mais ne vous inquiétez pas pour ça.

- Je me fais surveiller, hostie !?

- Personne ne vous surveille monsieur Brunet. Asseyez-vous s'il vous plait, je pourrai ainsi vous expliquer de quoi il s'agit.

Il va tu finir par effacer son p'tit crisse de sourire niaiseux de son visage… Sans oublier l'intimidante blonde qui me fixe dans les yeux depuis que j'ai passé le seuil de la porte…

- Alors bonjour, monsieur Brunet, je me présente, Marcel Turcotte. La jolie blonde à mes côtés se nomme Anaïs Sanchez. Elle est arrivée ce matin de Paris pour vous rencontrer. Bref, je suis copropriétaire, avec cette dernière, de la compagnie *Les Liquidateurs Inc.*

- Jamais entendu parler de ça.

- Évidemment, notre entreprise ne figure pas dans le bottin téléphonique, ni sur le web. C'est privé, et totalement inconnu des médias, ainsi que de la police.

- C'est supposé me rassurer que ce soit

inconnu de tout le monde ?

- Pas besoin d'être effrayé monsieur Brunet, vous êtes entre bonnes mains. Si vous décidez de vous joindre à nous, bien entendu.

Pour faire quoi ?! Tu parles d'une entrevue… Hostie que j'haïs ça le monde qui tournent autour du pot. Dis-le ce que t'as à dire, ciboire !! C'est quoi la job, crisse de câlice !?

- Nous sommes spécialistes dans l'organisation de fêtes d'adultes nouveau genre. Du jamais vu ! De l'adrénaline ininterrompue !

Intense le cornet…

- Qu'est-ce que vous voulez dire par "fêtes d'adultes" ? C'est pas du porno tout de même ? Parce que sinon, je sors d'ici, pas question que je me sorte la graine pour gagner ma vie.
- Non, vous pouvez garder votre engin dans votre pantalon monsieur Brunet. Maintenant, cessez de m'interrompre et laissez-moi terminer s'il vous plaît.
- Je suis désolé.
- Anaïs, tu veux bien poursuivre s'il te

plait ? J'ai besoin de caféine.

Mon cœur... Anaïs...

- Ouais, pour sûr. Tu me rapportes un coca ste plait ? J'ai la gueule sèche comme la chatte de ta mamie.

Je viens vraiment d'entendre ça moi là ? Wow... Moyenne folle... Mais quel superbe accent sexy elle a. J'adore l'accent français chez une femme. Pour les hommes... c'est crissement moins viril par contre.

- Je vous laisse avec mademoiselle Anaïs. Ne soyez pas timide, elle est parfois déplacée, mais elle ne mord pas... à moins que vous ne fassiez l'imbécile. *Ciao !* À tout de suite.

Le gars crisse vraiment son camp pour chercher du café en pleine entrevue... Bon, faut que je parle avec cette déesse là, ça m'a tout l'air...

- Mais y'a plein de gens derrière moi, et vous prenez quinze minutes par candidat, j'ai compté, mon temps ici achève, je peux savoir c'est quoi l'emploi au juste ?

- Il n'y a plus personne derrière vous monsieur Brunet, ils ont passé l'entrevue avec quelques-uns de mes collègues et ont refusé le poste. Vous êtes le dernier, nous avons tout notre temps.
- Ben voyons, je suis le seul sur toute la *gang* ? Ça n'a pas de sens, y'avait au moins une cinquantaine de personnes ici ce matin.
- Vous n'êtes pas le seul monsieur Brunet, votre copain, monsieur Demers...

Monsieur, monsieur, monsieur... Crisse, elle achève-tu tabarnac ?

- ...avec qui vous discutiez plus tôt, a choisi de se joindre à nous également. Sympa le bougre, mais il nous coupait constamment la parole. Jamais vu un mec parler autant. J'avais vraiment envie de lui casser la gueule, haha !
- Je vous comprends. Il m'a pas lâché deux secondes calvaire ! Mais il a un bon fond, le gars. Savez-vous où il est ?
- Vous verrez plus tard, monsieur qui veut tout savoir.

Ce regard qu'elle a...

- Je vous plais n'est-ce pas ? Allez, dites-le-moi, ne soyez pas embarrassé.

- Coudonc hostie ! Comment avez-vous fait pour savoir ?! Vous avez un regard ensorcelant, mademoiselle, et vous êtes belle comme les sept merveilles du monde ! On peut parler de l'emploi en question-là, s'il vous plaît ?

- D'accord, désolée de vous avoir embêté monsieur Brunet, poursuivons. Sachez seulement que je me devais de tester votre caractère. Et de grâce, appelez-moi Anaïs, pas mademoiselle, ou bien je vous fous mon pied au cul.

- Seulement si vous cessez de m'appeler monsieur Brunet, j'haïs ça en tabarnac.

- Ce que vous êtes marrants vous, les québécois avec vos gros mots.

- Vous avez pas à parler vous, avec vos anglicismes à la caisse… *ZE VOICE !!* Et pourquoi vous dites "Je vais sur Paris" ? C'est quoi ça, câlice ? À Paris ciboire, pas sûr.

- Hahahaha !!

Ces p'tits trous sur ses joues qui s'affichent quand elle sourit…

- Alors, commençons si vous le voulez bien, nous n'attendrons pas Marcel, il pisse toutes les quinze minutes ce con. Donc, nous recherchons des candidats pour se joindre à notre équipe diabolique. Nous les appelons les liquidateurs. Vous aurez pour mandat de foutre le bordel dans un *resort* privé. Leur faire peur, les liquider.

    - Comment voulez-vous que je fasse peur à une bande d'adultes ? Je suis un clown, vous avez oublié ?

    - Ne vous inquiétez pas, nous sommes des professionnels. Vous leur ferez peur, croyez-moi... S'ils ont le temps de s'apercevoir de quoi que ce soit...

    - Ok, mais, c'est *cool* tout ça. Pourquoi les autres ont refusé ? Ça m'a l'air assez simple et divertissant comme emploi.

    - Vous n'avez pas tort mon mignon, mais voilà, il y a un côté sombre à cette offre. C'est un travail hors du commun et unique. Et vous pourriez, si vous acceptez, faire cinq mille dollars par tête. En plus du salaire, ces soirées vous permettraient de libérer une quantité phénoménale d'endorphines, de vous sentir tout-puissant, d'avoir le contrôle absolu de soi...

    - Y'a rien de sombre là-dedans.

    - Le job est de tuer des gens, Gérald. Le voilà, le côté sombre. J'vais être plus directe avec vous, vous semblez comprendre ce langage un peu mieux. Nous avons des agents qui se chargent de trouver les proies, et lorsque nous en avons suffisamment, nous les invitons pour une dizaine de jours de célébration et de festivités, par le biais d'un faux concours. Rien de plus simple.

J'essaie très fort de me souvenir si à un certain moment de ma vie, on m'a offert de tuer des gens pour me nourrir. Absolument pas. C'est même jamais passé proche. Pourquoi ? Parce que dans un monde normal, les gens ne se font pas demander s'ils veulent assassiner des humains en échange d'argent. Le pire, c'est que j'y ai souvent pensé, de devenir tueur à gages, mais c'est pas comme s'ils annonçaient ça dans le journal local… Par contre, ça doit être le job ultime pour un paquet de raisons. Mais, c'est des vraies personnes avec une vie et peut-être des enfants qu'on parle là, bout d'crisse, pas des criminels.

Je ne suis jamais allé en prison, et j'en ai pas particulièrement envie non plus. Ça doit être pour ça que la plupart des gens ont refusé… D'ailleurs, ils les ont laissés partir sans problème après l'entrevue ? Vraiment *weird*.

- Vous vous posez beaucoup trop de

questions, mon chou. Pat, lui, n'a même pas hésité. C'est tout un brave, ce mec.

- Un inconscient vous voulez dire. Faut être fait solide en hostie pour être capable de tuer des gens sans regret, ni peur de représailles. Y'a quand même aucune garantie que j'aille jamais en prison.

- Je dirais que c'est plutôt un choix, Gérald. Qu'avez-vous qui vous tient à cœur dans cette vie pourrie ? Dans ce monde artificiel, où le but ultime est de posséder, tout simplement ? Cette planète superficielle où les gens se gavent le crâne d'imbécilités et de télé-réalité...

Bon, v'là l'autre qui revient avec le café...

- Salut Anaïs, monsieur Brunet, rebonjour. À voir votre visage, je comprends qu'Anaïs était en train de vous servir son monologue sur la planète ?

- Euh, ouin. Mais je comprends son point de vue aussi. Mais ce que je voudrais vraiment savoir, c'est, qu'est-ce que vous avez fait des gens qui ont refusé ? Vous allez me faire croire que vous les avez laissés partir sans problème, après leur avoir offert de devenir un assassin ? Si je refuse, je peux aller chez-moi sans que personne ne vienne me tuer pendant mon sommeil ?

    - Oui, absolument. Nous avons entièrement confiance aux candidats que nous rencontrons. Et puis, entre vous et moi, soyons réalistes, il n'y a aucune preuve de notre offre, même si quelqu'un choisissait d'aller à la police, ce serait pour leur dire quoi ? "Hé ! Monsieur l'agent, y'a un mec et sa conne qui offrent aux gens de devenir des meurtriers en échange d'un salaire titanesque !" Vous imaginez la réaction du flic n'est-ce pas ?

    - Je vais t'en foutre moi "et sa conne"... C'est toi le connard !

    - Ce n'était qu'un exemple Anaïs, voyons…

    Les questions à se poser face à cette situation unique et particulière c'est ; Primo : J'ai de la famille à qui je manquerai si je vais en prison ? Non, aucune. Secundo : Vais-je regretter mon choix une fois devant le devoir à accomplir ? Probablement. Tertio : Est-ce que le *cash* que j'aurai en retour pourrait faire en sorte que je vive mieux, hostie, pour faire changement ? En crisse, y'a pas de doute. Et Quattro : La plus *tough*, est-ce que je vais réellement être capable de faire mourir quelqu'un ? Là, j'en ai aucune câlice d'idée…

- Ok, j'suis d'accord. Mais… vous avez pas une période d'essai genre ? Parce que, honnêtement, j'sais pas si j'vais être capable de faire ça…
- Cessez de vous en faire monsieur Bru…
- Pouvez-vous m'appeler Gérald s'il vous plaît ? J'en ai plein le cul là, de monsieur Brunet.
- D'accord Gérald, alors, cessez de stresser, vous verrez, ce n'est pas si difficile. Et puis après le premier, l'adrénaline se charge du reste. Encore plus puissant que des litres de caféine ! Waouh!! Haha! Et l'argent motive à continuer, croyez-moi.

Hostie de crinqué de câlice… Je me lance pareil, j'aurai jamais une opportunité plus alléchante… Pas dans cette vie-ci en tout cas… Même si "le Marcel" a visiblement grillé une *fuse* v'là longtemps déjà, et que juste ça, devrait me convaincre de crisser mon camp… en tk.

- Bon. Ok. C'est bon. Je commence quand ? Et, je peux voir Pat, s'il est toujours dans les parages ?

- Retournez à votre domicile, c'est tout pour aujourd'hui, vous aurez plus de détails dans votre boîte aux lettres d'ici quelques jours. Votre nouveau collègue vous attend à l'extérieur.

Ma boîte aux lettres ? *What the fuck hostie* ?

- Parfait, merci. Je sais pas encore pourquoi j'ai accepté, mais *whatever*.
- Passez une agréable journée. On se revoit très bientôt.

Ouf, c'était pas trop tôt. Dans quoi je me suis embarqué maudit crisse...

*

- Ah ben tabarnac ! Dis-moé pas qu'on va travailler ensemble ?! T'as accepté toé aussi hein ? Ça se voit dans ta face l'gros. Je t'attendais, je voulais savoir si tu t'étais dégonflé...
- Ben oui Pat, j'ai accepté. Mais toi ? T'as dis oui sans même y penser ? Et t'auras aucun problème à tuer des gens ? Je vais t'avouer que c'est payant en sale mais... Tuer

des gens pour vivre ? Ça me dépasse tout ça.

- Arrête de capoter, *man*. Penses-y pas, c'est toute ! Moé, j'm'en câlice. Je verrai comment ça se passe rendu là. Cinq mille piasses d'la tête, c'est fou raide. Si j'en fait claquer deux-trois dans ma soirée, ben j'serai plus riche de… ben d'une coupe de piasses là. Viens-tu chez-nous, j'ai encore une grosse boite de pogos à bouffer, pis on regardera le film avec chose là, tsé le gros crisse qui faisait de la lutte avant, pis là, y'est partout ? Pis la p'tite plotte là, la brunette mince, tsé là, la blonde du gars qu'y est mort dans une Porsche Carrera GT… ?

- Sérieux Pat ? Les noms, c'est pas ton domaine non plus, hein ? Le gros crisse, c'est Dwayne Johnson, The Rock. La fille, pas la plotte, c'est la très belle Jordana Brewster. Le *dude* qui est mort, c'est Paul Walker, Dieu ait son âme. Donc, résultat ; le film est *Fast and furious*, mais y'en a genre… 43. Et je suis claqué, j'vais me coucher. *Call* moi demain, on fera de quoi.

- Ok ça marche ! À demain Gerry.
- Salut, à demain.

C'est pas que je l'aime pas. Il est ben sympathique, même s'il parle comme un ti-coune de premier ordre, mais j'avais envie de rentrer et de réfléchir à tout ça. Vérifier si quelqu'un connaitrait pas cette compagnie inexistante. J'ai pas internet mais je pourrais aller m'asseoir quelques heures dans un café puis fouiller sur le web…

*

Sweet fuck all… Les recherches sur *Liquidateurs Inc.* ont donné que dalle. Aucun article, aucune pub, rien. Je devrais pas être surpris, il me l'a mentionné que la compagnie était inconnue de tous, mais tsé, je cherche juste à me rassurer un peu, me protéger, au cas où il m'arriverait de quoi de grave.

J'ai assez niaisé ici, faut que je décrisse, et j'ai pu une cenne. En plus, il a fallu que je commande un breuvage, même si j'en voulais pas. Une marde de café-vanille qui goûtait la crisse de charogne pour trois fois le prix d'un *Big Mac*. Le cinq mille du cadavre tomberait à point…

*

Ça fait trois jours que j'attends un message ou un mot dans ma boite aux lettres. Je me suis tapé deux soirées avec mon nouveau copain Pat… J'ai mangé une quantité phénoménale de pogos, fumé 154 joints, regardé 38 films d'action des années '80-90. J'ai besoin d'un *break*, putain d'hostie. *Top notch* le gars, super fin, généreux, serviable, et il a un énorme sens de l'humour, on a rit en tabarnac. Bon, il est *fucking* trop intense à mon goût, mais y'a le cœur aussi gros que l'égo du *dude* qui va au dépanneur en *chest*.

Et j'ai de la misère avec le monde qui pose trois questions en ligne. Vous voyez le genre ? Tsé, poses-en une, laisse-moi le temps d'y répondre, et enchaîne avec une autre après. Trois d'la shot, c'est trop de pression, ça me fait filer tout croche. Les nerfs hostie. Et je le soupçonne un tantinet soupe au lait aussi. Je pense pas qu'il le prendrait bien si je lui disait de m'en servir une à la fois pis de se calmer. Il a failli s'ouvrir les veines l'autre jour parce que j'ai roulé les yeux devant lui suite à une de ses innombrables questions.

Il est sept heures et quart et je suis assis dans mon divan à regarder dehors pour ne pas manquer le facteur. Encore là, je sais même pas si c'est un facteur qui me remettra la marche à suivre ou encore Marcel, ou encore le p'tit pétard français, Anaïs. Je suis dans le cirage. Quoique, de nos jours, faut pas être surpris de rien, ils vont peut-être m'envoyer les détails par une sorcière assise sur son balai, ou par un troll quelconque et son destrier démoniaque...

Je devrais peut-être appeler Pat pour voir s'il a reçu quelque chose...

- Ouaip ?
- Pat ? C'est Gérald. Ça va ? As-tu vérifié ton courrier ?
- De quoi ? De qui ?
- Ben, de notre nouveau job, calvaire !
- Ah ! Haha ! Euh, non, pas encore *man.*
- Ça commence à être long en hostie, on s'est tu fait fourrer tu penses ?
- Ben non, viens donc prendre un café icitte là, au lieu de rester chez-vous comme un tata qui attend l'autobus.

Tant qu'à rien foutre et attendre que le temps passe...

*

- Heille !! Je t'ai tu déjà montré ma collection de bouchons de bière ?
- Hein ?! *What the fuck*, pourquoi tu

collectionnes ça ?
- Va donc chier Gerry.
- Je te niaise ! Hahaha ! T'en as combien ? Et je peux au moins les voir ?
- J'ai de la misère avec le... sascasse, s'cuse-moi, *man.*
- Le sarcasme ?
- T'es un vrai bollé toé, hein ? Pourquoi t'as pas un emploi super ben payé genre prof de français ou mathématicien ?
- Parce que les deux sont plates à mourir Pat, et ni l'un ni l'autre est super ben payé, en passant. Et j'ai même pas mon diplôme de secondaire cinq, même si j'étais assez fort à l'école. Le problème, c'est que je m'en câlissais peut-être un peu trop.

Il doit y en avoir des milliers et des milliers, des putains de bouchons. De toutes les sortes, toutes les couleurs. De tout pays, même du Vatican, sainte-hostie. Je sais pas s'il a tout bu ces bières là, mais si c'est le cas, je suis un enfant de cœur à comparer à ce plouc. Bref, on a passé tout l'après-midi à gosser avec ses collections. Il a même une quantité plus que raisonnable d'attaches à pain, ou à lait, selon le cas, c'est la même christie d'attache *anyway*. La question est "pourquoi il collectionne ça", mais selon mes dernières observations, c'est pas une bonne idée de lui demander.

Pendant que je lui servais des "ohhh" pis des "ahhh", j'ai remarqué du coin de l'œil qu'un monsieur d'un certain âge venait de déposer une enveloppe dans la boîte aux lettres de Pat. Un ti-père régulier, pas de personnage fantastique, pas même une licorne avec un arc-en-ciel qui lui sort du trou de balle.

- On va couper court à ta démonstration mon chum, y'a un vieil homme qui vient de dropper quelque chose dans ta boîte à malle.
- Hein ? Ah ! Bon, tu vois, tu capotais pour rien.
- Ouin...

Le papi est parti, c'est l'heure.

- J'reviens, m'en va le chercher, va donc nous chercher deux broues au frigo en attendant s'il te plaît, *man.*

*

- T'in, check, même écriture pis toute.
- On dit même calligraphie, pas écriture, Pat.
- *Whatever,* m'en câlice-tu esti ! Est

pareille comme l'annonce.
- Je m'excuse, c'est une maladie de reprendre les gens sur leur orthographe et leur syntaxe. Je pense même que c'est la raison primaire pourquoi ma femme m'a quitté, tabarnac... Montre donc le carton pour voir...

Bonjour Monsieur Demers
Il est maintenant temps de passer aux choses sérieuses
Rendez-vous, ce soir, à vingt-deux heures précises
Coin St-Laurent et René-Lévesque
Douchez-vous, soyez propre, une voiture de type Lincoln vous prendra

Post scriptum ;
Dites à Monsieur Brunet qu'il a la même dans sa boite aux lettres

- Voyons donc calvaire ! Comment il sait que j'suis ici, lui ?
- Les nerfs Gerry ! Hahahahaha !! C'est des estis de malades ces crisses-là !!

Tout ça commence à me gosser en hostie.

- On se voit ce soir, je dois rester seul un peu. Faire le ménage dans ma tête. C'est un peu trop *heavy* ce qui arrive… c'est trop… comment je dirais ça… pas facile mais…
- Trop beau pour être vrai, même si on parle de tuer des innocents ?
- Tsé que t'es vraiment moins con que t'en a l'air hein ? C't'une joke là !! Fâche-toi pas !! Haha ! Mais oui, c'est en plein ça ! J'sais pas comment réagir, hostie !
- Je comprends *man,* moé, j'essaie de pas y penser. J'me dis que je verrai ce qui arrivera quand ça arrivera.
- Je suis incapable de penser de cette façon-là, je vais me péter une syncope ben avant. En tk, à plus tard, Pat, et merci d'être toi, tu m'aides à être moins stressé, si c'est possible.
- *Shit…* Merci *man* ! Ben ça me fait plaisir en crisse ! À tantôt Gerry, ça va ben aller, tu vas voir.

*

Y'a quelque chose qui dépasse de

l'ouverture de ma boîte aux lettres, mon carton y est. J'ouvre la p'tite porte, mes mains tremblent comme une feuille d'automne dans le vent...

La même
À plus tard... Gérald
Désolé, j'aime bien l'humour

Hostie de tabarnac...

3. *Le party avant le début de la suppression*

Lundi, le 9 juillet 2018, 22h02
Centre-ville de Montréal
Coin René-Lévesque et Saint-Laurent

Y'a pas un chat ce soir dans le centre-ville. Juste Pat et moi qui attendent comme des pas du tout suspects, sur le coin de deux boulevards ultra-passants, d'habitude. Ce soir, c'est le silence total *downtown*. À croire que la ville au grand complet est "sur pause" ou dans l'attente de voir ce qui va nous arriver… Mais au lieu de ça, une grosse calandre chromée se pointe le museau à une vingtaine de mètres, et nous éblouit avec ses phares à haute intensité. Un utilitaire-sport Lincoln, il n'a pas menti le Marcel.

Par contre, c'est pas lui qui chauffe.

- Heille !! Check ça Gerry, c'est pas la crisse de solide blonde de l'entrevue ? J'lui ferais pas mal… La trouves-tu de ton goût, toé ?

- Anaïs ? C'est tout un canon, je te le fais pas dire. Mais, honnêtement, elle me fait peur, un peu trop avenante pour moi. Je suis pas bien avec les filles qui sont trop confiantes… ou trop à l'aise avec leur sexualité.

- J'sais pas de quoi tu parles, mais, ouaip, elle m'a tout l'air d'une crisse de folle ! Mais côté *body*, "fit fiou" câlice, hein ?

Come on… Fit fiou ? J'ose croire qu'il peut pas siffler…

Bon, ça y est, on embarque. C'est cool le transport de luxe fourni, très confo.

- Salut les mecs ? Comment ça va ? Vous êtes prêts ?
- Salut Anaïs, moé, ça va. Mais Gerry est stressé en tabarnac.
- Merci, Pat. Bonsoir Anaïs, oui je suis anxieux mais mon chum m'aide à me calmer les nerfs, du moins il essaie. On va où ?
- Revoilà monsieur qui veut tout savoir ! Vous n'avez pas besoin de connaître l'adresse. D'ailleurs, cette bagnole est équipée de volets de sécurité, vous n'y verrez que dalle. Protection, vous comprenez ? Nous en avons pour plus ou moins quatre-vingt-dix minutes,

vous pouvez discuter entre vous, je me dois de fermer la glace teintée qui nous sépare et de vous isoler durant la durée du trajet. Vous avez le droit de vous astiquer le salami si ça vous chante, vous êtes libres de vos mouvements, tout de même.

Et elle nous ferme la vitre opaque dans face en riant comme une truie.

- Pourquoi elle a dit "fermer la glace" Gerry ? Quelle glace ciboire, il fait une vingtaine de degrés icitte ? En tk, ça confirme ce que je disais, une vraie crisse de folle.
- T'as pas l'impression de travailler pour une agence genre FBI ou quelque chose de ce genre ? En tk, c'est bizarre en hostie leur affaire. Et la glace Pat, ça veut dire une vitre. Les Français appellent ça de même…
- Ahhh ! Hahaha ! Ok. Pis arrête de capoter *man*, on s'en va faire le *"party"* pendant dix jours, l'gros, pas une descente dans un bar… Moé je pense qu'on va avoir du fun en t…
- En tuant ? C'est ça ?
- J'allais dire en tabarnac, pas en tuant, *man*, les nerfs ciboire. Tu devrais fumer un bat, ça t'calmerait.
- Mouin… pas une mauvaise idée. En

as-tu ?

- *Always and forever man*, Bob Marley est mon jardinier. J'sais pas si la cocotte aimerait ça qu'on fume dans son truck à cent mille par exemple…

L'alléchante blonde se montre la face une fois de plus.

- Vous pouvez fumer vos pétards les garçons, vous en faites pas, il est pas à moi ce camion, j'suis de Paris, où ce genre de putain de Titanic n'y est pas très populaire. C'est le véhicule de Marcel. Et de plus, vous êtes assis là où il baise la plupart de ses putes…
- Ark, hostie ! Merci pour l'info traumatisante. Comment avez-vous fait pour savoir de quoi on parlait ?
- J'ai pas lu dans vos pensées, mon joli, y'a un micro dans la cabine. Mais continuez, vous me divertissez, et puis c'est moche seule ici à l'avant… J'y pense, Gérald, si t'en avais l'occasion, t'aurais envie de me baiser ?

Ça vous arrive d'entendre quelque chose de l'fun, ou qui pourrait grandement augmenter votre niveau de confiance, ou d'agrémenter votre vie tout simplement, mais que vous vous demandez si vous avez vraiment bien entendu ou si vous avez rêvé ? Je tente une réponse appropriée, parce que je sais pas si une telle occasion reviendra une autre fois dans ma vie.

- Euh… J'che… Ggg…
- Ce que t'es mignon ! Hahaha !

Y'a rien qui sortait. Aussi ben lui dégueuler dans le visage.

- Allez, bises les mecs.

Agace…

- Tu m'disais que t'as déjà été marié ? Ça fait longtemps que vous êtes plus ensemble ?
- Je te coupe avant que tu poses quatorze questions en ligne.
- Heille !! Va donc ch…
- Je te niaise, Pat. Oui, j'ai déjà été marié. Ma femme m'a laissé au bout de douze ans. On est divorcé depuis 2016. Je suis arrivé de travailler un soir pis elle était partie. Elle m'avait laissé un mot pas plus grand qu'un paquet de cigarettes. Douze ans, câlice. Aucune explication, à part qu'elle était tannée, fatiguée. Bref, j'ai tout perdu, ma femme, ma

maison pis mon job. Ben, à vrai dire, j'ai rien perdu, je lui ai juste tout laissé, m'en câlissais, pis elle m'avait grandement facilité la tâche en prenant la décision pour nous deux.

- *Shit man*... Pas de *kids* qui traînent nulle part ?

- Haha ! Non, pas d'enfants, en tout cas pas à ma connaissance ! Une crisse de chance.

- Pis elle, l'as-tu revu depuis que vous êtes divorcés ?

- Pantoute, je sais même pas si elle a vendu notre maison ou non, et honnêtement...

- Tu t'en câlice, yeah !! Hahaha !

- Exact !! Hahahahaha !! Toi ? Une femme dans ta vie ?

- Eh crisse non ! Y'a pas une *chicks* qui voudrait d'un *loser* pareil... M'as-tu entendu parler ciboire ? Pis, j'suis pas une référence en matière de sexe à pile.

- Hahahaha !!! *Sex-appeal* tu veux dire ? Hahahahaha !! Mon hostie de malade ! T'es peut-être pas le plus articulé des hommes, mon chum, mais tu me fais rire en tabarnac, pis ça, je sais très bien que les femmes aiment ça aussi, et puis t'es grand et mince... Ça compense le fait d'avoir une tête de marde ou de parler tout croche, crois-moi, j'en connais un chapitre là-dessus.

- Peut-être que t'as raison *man*, mais ça change rien dans mon cas, j'ai eu deux ou trois blonde dans ma vie, pis je dois avoir fourré…

- Fais attention à ce que tu dis, les murs ont des oreilles…

- Quels murs ? On est assis dans un char… De quoi tu parles ciboire ?

- D'Anaïs, tabarnac !! Elle nous entend, t'es sûr que tu veux jaser du nombre de fois que t'as baisé ?

- Ah ! M'en câlice, qu'elle l'entende, si ça lui tente de faire fruc…en tk, faire monter mon record là, j'ai pas de problème avec ça.

- Maudit malade ! Elle te mangerait tout cru…

- Oh yes, *please do* !! Hahahaha !! Pis de toute façon mon Gerry, j'pense qu'elle a un faible pour toi la p'tite bombe française. Elle te fait du rentre dedans depuis qu'elle t'a rencontré, c'est toé qui me l'a dit ! Pis avec ce qu'elle vient de te dire…

- Je pense plutôt qu'elle se fout littéralement de ma gueule, mais bon.

*

On doit arriver très bientôt, ça fait au moins une heure et quart qu'on roule. J'suis plus capable… je dois avoir les yeux jaune pisse.

Notre séduisante patronne se pointe à nouveau le museau par l'ouverture.

- Nous y sommes messieurs, Une belle nuit s'annonce !
- Euh, je veux ben croire qu'on est arrivé, mais on fait quoi nous ? On entre par la porte d'entrée et on embrasse tout le monde avant de les massacrer ?
- Ça t'arrive, Gérald, de fermer ta gueule et de laisser les gens s'expliquer ? Pourquoi tu dois toujours tout questionner avant même de savoir la suite des évènements ? J'y arrivais, tu sais ? J'ouvrais la putain de porte et je vous expliquais la suite… Merde…
- J'suis désolé, je pose beaucoup de questions quand j'suis stressé…

Elle vient de me tuer de son regard transperçant, quel carnage… Jamais eu la chance d'observer des yeux bruns presque transparents. C'est… hypnotisant. Mon sang a cessé de circuler. Le temps s'est arrêté quelques secondes, comme si j'avais en main la télécommande du film *Click*, la comédie à succès avec l'acteur Adam Sandler, et que j'appuyais sur "pause".

Solide caractère en tout cas la blondasse. Je vais me faire crisser dehors avant même de commencer. Ça réglerait un problème, mais je me ramasserais encore pas de job.

- Gérald, j'suis désolée, on fait la paix ? On a du boulot.
- Ça me va, et je suis désolé aussi.
- Vous êtes ben *cute*, mais on peux-tu activer là, câlice ?
- Alors voilà, ouvrez le coffre arrière, y'a deux énormes sacs avec des vêtements et autres trucs, vous en avez un chacun, vérifiez vos noms, ils y sont inscrits. Vous allez vous reposer ce soir, fêter au bar, danser, baiser, bref, faites ce que vous avez envie, votre travail commence demain matin vers 10 heures. Il y a 12 invités parmi nous. Nous avons remis à chacun d'entre-eux une carte à jouer à leur arrivée. Ils ne connaissent pas la vraie raison, nous leur avons fait croire que c'était pour un tirage à la fin du séjour. Je vous ferai un *briefing* complet demain matin pendant le p'tit dej.
- C'est good.
- Ça me va aussi. On a des chambres ?
- Non. Vous dormirez dans un bac à

merde. Bien sûr, pauvre cloche, que vous avez des chambres. Allez, on avance, il faut entrer.

On ne peut pas ouvrir les sacs avant d'être à l'intérieur. Anaïs nous a dit que c'était des vêtements pour le séjour au complet. J'espère qu'ils ont aussi mis des *boxers* et des bas propres. Pas envie que ma bite sente le thon en canne pendant deux semaines.

Y'a six voitures dans l'allée menant à l'immense église convertie en hôtel événementiel vers laquelle on se dirige. J'imagine que les gens qui ont gagné le concours ont tous été transportés dans le même convoi, et que ces six chars-là sont ceux de nos "*boss*" ou d'employés. Y'a même un beau gros terrain pour jouer au volleyball sur le côté est du bâtiment, avec plein de fleurs pour délimiter la ligne de jeu. L'autre côté est *loadé* de balançoires et de chaises longues. Et je crois voir qu'il y a un énorme bar extérieur, derrière. C'est une grosse cathédrale ancestrale, toute en pierre, avec une toiture en tôle verte, en tout cas, je crois, il est quand même tard.

Mais moi, j'vais pas là pour relaxer comme un millionnaire, nenon, moi, j'y vais pour tuer des gens…

*

Ouf, y fait chaud là-dedans et ça sent la même chose que si j'étais en train de prier avec un moine tibétain à l'intérieur d'un monastère. Sauf que je suis jamais allé au Tibet, pas crédible mon affaire hein ? Bref, ça sent l'encens.

J'entends un *beat* techno en *background*, au-dessus de ma tête.

J'ai l'impression que l'air est lourd. Je me sens écrasé contre le sol, mais je continue de suivre Anaïs au pas, Pat est presque embarqué dans mes godasses derrière moi. Enfin, elle ouvre une porte, on descend. Ça sent l'humidité et le fer. Une lumière s'allume tout en bas. Un sous-sol ultra-moderne s'offre à nous, et les néons au plafond sont tellement blancs qu'ils me font plisser les yeux. Quelques bureaux et autres petits meubles décorent la pièce. Style *cheap* Ikea qui détonne que l'crisse dans un environnement centenaire. Pas de plantes vertes, pas de musique. Pas de vie. Marcel est assis avec sa p'tite face de mange-marde derrière un bureau. Il se lève en nous voyant.

- Bonsoir messieurs. Ce soir est le début d'un nouveau chapitre. D'une nouvelle vie, d'une nouvelle liberté. À la suite de cette soirée, vous serez en entièreté, des membres Liquidateurs, haha !!

Oh wow, quelle chance ! Non mais on s'en câlice-tu de ton titre…

- Oh shit ! *Check* le nom comment c'est *cool* !! Ça fait *ghetto* en calvaire !
- Et ça donne quel avantage d'être un membre Liquidateur, mon Marcel ?
- Le pouvoir ultime, Gérald. Celui d'enlever la vie, d'avoir la chance de pouvoir observer l'âme quitter le corps, par la rétine humaine. C'est… exaltant !

Je suis plus excité que je l'étais plus tôt. J'ai moins peur, en tk je pense. Je me sens moins coupable, honteux… je crois. Marcel, c'est un hostie de malade, ça se voit. Mais comme disait Pat, à chaque fois qu'on passait du temps ensemble ; "faut que t'apprennes à t'en câlisser un peu, *man*, on a rien qu'une vie à vivre, aussi ben la vivre à fond". Y'a rien d'un vieux sage le moron, mais y'a une mentalité très différente de la mienne et c'est plutôt rafraîchissant.

Mais je ne suis quand même pas à l'aise avec le fait d'enlever la vie à des gens qui ne le méritent pas.

- Gérald, emmenez Pat avec vous et montez au deuxième, un bar à votre gauche vous attend. Les consommations ainsi que la nourriture vous sont offertes.
- Merci Marcel. T'es prêt mon chum ? Enlèves le bâton que t'as dans l'cul Gerry pis awèye !
- Hostie… C'est pas un bâton que j'ai dans l'cul mais un tronc d'arbre au complet. J'sais pas si c'est parce que j'suis stressé ou excité, mais y me semble que je vomirais un bon coup, ça me ferait du bien…
- Crisse-toi les doigts dans gorge, *man*…
- Non merci Pat, c'est dégueulasse et j'suis pas capable de faire ça.
- Gérald !!! Ne t'avise pas de dégueuler ici, sinon, je te fous mon pied au cul.
- Ça va Anaïs, câlice ! C'était juste une façon de parler !

Bon, allez hop ! C'est maintenant ou jamais. On monte. Pat a le feu dans les yeux…

*

- As-tu vu la place toé câlice ! Wow ! Hahaha ! Ils y vont pas avec le pic de la fourchette eux-autres, hein ?
- C'est le dos de la cuillère, Pat.
- Ahhh ! Ta yeule avec tes rem… Remon… Ahh pis va donc chier ciboire !
- Hahahaha !!! Allez, fais un effort, r-e-m-o-n-t-r-a-n-c-e-s, ça donne quoi ?
- Ça donne que j'va te crisser mon poing dans face, Gerry ! Hahaha !
- Hahahaha !!

Le bar est bien là, une énorme pièce d'ébène, avec un comptoir digne de ce nom, et une quinzaine de *stools* d'une couleur osée, le violet. Quoique le velours mauve a toujours eu sa place dans un décor de cathédrale. Y'a même un superbe étalage de bouteilles de tout type d'alcool, perchées sur de fragiles tablettes en verre, probablement aussi dispendieuses qu'un traitement de canal. Mille et une couleurs brillent partout… C'est drôle, le style moderne *fit* mieux ici parmi la pierre sur les murs. La qualité change pour quelque chose j'imagine…

- Pat, viens. On va s'asseoir au zinc.
- Au quoi ? Kossé ça encore, câlice ?!
- Le zinc hostie ! Au bar, le comptoir, on appelle ça... Ah pis *fuck* that, viens t'en.

Oh, la barmaid... Sainte Marie, Mère de Dieu. Elle doit être responsable de quatre-vingts pourcent de la luminosité de la pièce. Une ravissante, et le mot est faible, rousse. Ses cheveux ondulés sont si longs qu'ils chatouillent son petit cul rebondi. Quelques taches de rousseur agrémentent son visage parfait. Des yeux verts comme des émeraudes polies. Elle m'a vu, elle s'en vient... *fuck*.

- Ça va *big* ? T'es blême tout d'un coup... Oh ! Wow ! Haha ! Je viens de comprendre pourquoi t'es pas ben là ! Hahaha !!!
- Ça fesse, hein ? J'étais presque en train de me réciter un poème dans la tête en la regardant. J'aime les belles femmes Pat, mais là, ça dépasse l'entendement.
- Hein ?
- Laisse faire, on va juste dire que c'est un ange qui travaille pour un hostie de crinqué, c'est bon pour toi ?

- Tu penses qu'elle travaille pour Marcel ? Pourquoi faire câlice ?

- Voyons ciboire Pat ! On est venus ici pour buter des gens, tu te rappelles ? Clairement que tous les employés qui sont ici savent ce qu'il y a à savoir, pis qu'y sont grassement payés pour fermer leur gueule.

- Ah... Ouin, c'est pas fou, s'cuse moé *man*, mais y'a de la chair fraîche icitte. Pis ça sent bon, un genre de mélange de fruits sucrés pis de sexe.

- Moi je pense que la musique va me péter les tympans dans quelques minutes. J'haïs ça le techno. Pis encore si c'était de la musique... Niaisage de câlice. Pas moyen d'aller nulle part sans entendre cette hostie de marde là !

- Tu prends ça à cœur toé la musique, *man* ! Calme-toé, regarde là, on va s'enfiler un bon drink...

L'ange rousse s'en vient... ça serait un nom cool pour une nouvelle sorte de bière hein ?

- Allô, moi, c'est Romy. Je peux vous servir à boire ?

Elle ne parle pas, elle chante... Oh

Romy… tu le sais pas encore, mais tu vas épouser un ex-clown devenu meurtrier. Si je sors d'ici les pieds devant, je t'emmène sur une plage déserte. Mais pas celle du recueil du suisse là, *Entomophobia*, qui se passe en Thaïlande, avec les bibittes exotiques qui envahissent leur corps par en dedans, tabarnac…

    - Salut Romy, moi c'est Gérald, mon chum qui bave à côté, c'est Pat. Enchanté de faire ta connaissance, vraiment… t'as pas idée. Je vais te prendre un scotch whisky double, sec, s'il te plait. Avez-vous du Lagavulin ?
    - C'est gentil, merci Gérald. Bien sûr que j'en ai. Vous, Pat ? Qu'est-ce que vous aimeriez boire ?

    Pat *has left the building*… Il dévisage la pauvre barmaid comme si elle était un mirage dans le désert. Un puits sans soif.

    - Pat !! T'es dans le cirage là ! Allume chandelle ! Tu bois quoi ?
    - Hein !? Ok. J'va en prendre pour vingt piastres.
    - De quoi tu parles câlice ? Vingt piastres de quoi ? On est pas à l'arcade

ciboire, elle veut savoir ce que tu veux boire…

- Ahhh, s'cusez. Ma belle demoiselle…

- As-tu fini de fabuler ? Hahaha ! Je m'excuse pour mon copain, Romy.

- C'est pas grave Gérald, j'suis patiente, il me dira ce qu'il veut quand il sera prêt ! Y'a rien qui presse.

Pourquoi y faut qu'elle m'achève d'un clin d'œil à faire virer le lait en crème ? Ah les femmes et leur pouvoir d'attraction, hein ? Leur beauté bestiale, leurs corps sculptés et leurs regards de félins affamés sont en fait, des armes de destruction massive, parole de Gerry. Moi, si je lui sers un clin d'œil, soit je mange une claque ou soit je me fais passer pour un hostie de vieux singe. Ou un gros pervers, selon le cas.

- Je comprends, mais on est pas ici pour assister à un concours de celui qui *tough* le plus longtemps sans respirer calvaire… Es-tu célibataire, Romy ? Ça m'étonnerait, tu dois être en couple avec… Zeus ? Ou quelqu'un de sa trempe, au minimum.

- Haha ! J'vais le prendre comme un compliment, c'est très… charmant. Je ne suis pas en couple.

- Oh *yesss* ! *Shit*… Je m'excuse…

- Je vous arrête, je reviens avec votre scotch. Pat, toujours pas décidé ?

- Apporte-lui donc la même chose que moi s'il te plait, ça va être plus simple. Ah, peux-tu nous apporter deux 1664 aussi, si t'en as ?

- Bien sûr, je reviens dans vingt secondes.

Belle grosse marde, faut toujours que je fasse le crisse de mongol devant une belle fille. Y'a pas moyen que je me transforme en Pierce Brosnan pendant une dizaine de jours ? Le temps que je fornique avec quelques créatures hors de ce monde... Ouin... tu peux toujours rêver *monsieur Bond.*

- On a tu le droit de coucher avec du monde icitte ?

- Anaïs nous l'a dit plus tôt, on a la soirée pour vivre notre vie et faire ce qu'on veut Pat.

- Hein ? T'es sérieux ? Hahaha !

Crisse de perdu d'hostie...

Romy arrive avec mon scotch... ça va être tellement bon, ça doit faire près de dix ans que j'm'en suis pas tapé un. Pas comme si je pouvais me payer une bouteille de ce prix-là avec un salaire de bouffon...

4. Du bandage de pisse, aux confidences

Samedi, 10 juillet 2018,
8 heures du matin
Quelque part près de Saint-Jovite

    Glong… glong… glong… glong…

    Ahhh ta yeeeuule !

    Maudite montre de marde… Ouch, ma pauvre tête simonac… C'est ben vrai, j'ai dormi dans une cathédrale, comment l'oublier. D'où le clocher… Et ils réveillent les gens avec ça ? Ça réveille sur un hostie de temps en tout cas…

    C'est juste moi ou ça sent le paradis, ici ? Je peux discerner l'odeur de toasts brûlés et de bacon qui grésille j'sais pas où…

    Je vais chercher Pat ou je le laisse s'arranger ? Je sais même pas où on est, encore moins l'emplacement de sa chambre…

Un sac de sport à côté de ma porte… J'avais oublié qu'on avait une besace avec des vêtements propres… Des *boxers* ! Hourrah hostie. Ouch… ma tête… qu'est-ce que j'ai câlissé hier soir tabarnac…

Foutu labyrinthe. Ils auraient pu me donner une *map* pour trouver mon chemin jusqu'à la cuisine. Mais je devrais trouver rien qu'en suivant l'odeur de toute façon. Sauf que je dois m'arrêter à la salle de bain, mes excès d'hier me font regretter d'être né ce matin. En plus, je pue du bec comme si j'avais passé la soirée à forniquer avec un hareng fermenté. Je pousse un peu fort mais pas tant… Je me lève moi-même le cœur. Et je dois maîtriser mon bandage de pisse, je peux pas me promener de même.

*

Ah ! La v'là !! Dieu d'hostie… Jamais vu une cuisine aussi grande. On dirait un *set-up* de buffet à volonté, y'a des plats chauds partout. Il doit y avoir un *six pack* de cuisiniers qui courent d'un bord pis de l'autre à crier comme des mongols. Mais j'entends déjà la musique de la terrasse qui enterre presque les engueulades des *cooks*. Crisse de musique de marde à huit heures le matin tabarnac... Pis c'est drôle, mais y'a beaucoup plus qu'une douzaine d'invités ici, autrement, pourquoi avoir autant de cuistots pour juste douze personnes...

Déjà une file d'attente... C'est à croire que je me retape l'entrevue bout d'crisse. Les nerfs Gerry, relaxe, ça va ben aller, t'as une grosse journée aujourd'hui, tu t'en va tuer des innocents après le déjeuner...

Nouveau chapitre dans ma vie, qui disait, le Marcel... Oh, v'là la cocotte française qui s'amène... Putain de merde qu'elle est belle...

- Tiens tiens... mon beau Gérald, comment vas-tu ? Bien dormi ?
- Salut Anaïs, oui, j'ai bien dormi, merci. Mais là, je tremble par en dedans, ça va pas super, mettons. J'ai aucune idée à quoi m'attendre pis ça commence à me faire chier en tabarnac. Je m'excuse du langage...
- T'en fais pas, je comprends. J'étais comme toi au début.

Au début de quoi calvaire ? Elle a l'air d'avoir trente-deux ans, gros max...

- Tu viens t'asseoir avec moi ? Pat y est déjà avec Marcel, vous ne vous asseyez pas avec les victimes... Et puis vous ne faites pas la file, c'est réservé aux proies ça, mon lapin. On va commander bien assis à notre table.

Mon beau Gérald... Mon lapin... Tabarnac... Va falloir que j'me *"tape"* la queue sur la cuisse si elle continue à m'allumer de même... Ou que je porte un t-shirt ultra long pour isoler de la vue de tous, un chapiteau de bite engorgée... Vous avez l'image hein ? Bande de pervers... Bah, nous sommes tous un peu cochons, à différents niveaux, vous croyez pas ?

- D'accord, je te suis.
- T'en profiteras pour me mater le cul pendant que l'on s'y rend, tu ne seras pas déçu.
- T'es le produit d'un dieu et de sa déesse, aucune déception n'est envisageable...

Je viens-tu de dire ça à voix haute moi là ?

- C'est la chose la plus mignonne que

j'ai jamais entendu…

- Va vraiment falloir que je commence à faire attention à ce que je dis ciboire…
- Haha ! Ce que t'es con. Mais tu peux me complimenter de la sorte autant que tu veux beau blond.

J'suis peut-être con, mais toi, t'es incroyablement bandante.

Tiens, v'là mon copain Pat assis à côté de notre Marcel national. Hostie que je le trouve *weird* ce crisse là…

- Enfin ! Gerry, câlice ! Tu viens-tu juste de te réveiller ? Ça fait presque une heure que je t'attends !

Je l'aurais cherché longtemps en hostie… Il s'est passé quoi hier soir ? Il a pas l'air magané une crisse de miette…

- Ouais, je sors de la douche. C'est pas facile à matin…
- Hahaha ! Ouin, t'étais *pass out* en…
- Bonjour Gérald, désolé de vous couper Pat, mais j'aimerais ne pas y passer tout l'après-midi si ça ne vous dérange pas.

- Y'a rien là calvaire ! Pis arrête donc de nous vouvo… Vouvo… Voyons câlice, je *rush* donc ben à matin !
 - Peu importe !! S'il vous plait ! Vous pourriez vous taire et me laisser parler ?

 Les nerfs hostie de névrosé…

 - Bon. Il y a 12 personnes qui ont faussement gagné un séjour d'une dizaine de jours, ici, à la cathédrale pour relaxer et fêter, toutes dépenses comprises. C'est notre entreprise qui a tout meublé, rénové, et tout organisé, en s'assurant que rien n'apparaisse nulle part. Toutes les transactions ont été faites en liquide…

 Pourquoi il nous dit tout ça ? Si j'étais lui, je raconterais pas de quelle façon j'ai réglé mes achats… Hostie d'amateur…

 - Haha ! Liquide… Liquidateurs… C'est concept ton affaire Marcel !! Hahaha !
 - Bref, ces vacanciers se la coulent douce. Jusqu'à ce que vous deux entrez en scène. Les assassinats ne commencent qu'à partir de midi, et ce, chaque jour. Évidemment, vous ne liquiderez pas tout le monde la même journée. Alors soyez créatifs, laissez

l'adrénaline se charger de prendre vos décisions, l'effet euphorique qui précède et qui suit la chasse et le meurtre est incomparable. Vous allez nous remercier après cette journée, croyez-moi.

J'ai pas vraiment écouté ce qu'il racontait, J'étais occupé à regarder mes futures victimes s'empiffrer d'omelettes et de bacon, de fruits frais et de fromages divers. D'ailleurs, j'ai très faim…

Une dame âgée me dévisage à une bonne quinzaine de mètres de moi, bien assise à sa table, les deux mains appuyées sur ce qui m'a l'air d'être un pommeau de canne de marche.

- On peut manger, Anaïs ?
- Absolument, je demande à la serveuse de passer prendre nos commandes. Prenez ce que vous voulez, et bouffez à satiété, vous en aurez besoin… Le meurtre demande beaucoup de cran et de *self-control* vous savez…
- C'est quoi le rapport entre tuer du monde pis bouffer ?
- Manger donne de l'énergie, qui nourrit également ta matière grise, gros bêta.
- Ah ouin, c'est logique. S'cusez hein…

J'suis pas culturé comme Gerry.

Première fois que je l'entends celle-là…

- On dit cultivé, mon Pat. Et arrête de t'en faire avec ça, à chacun ses forces et faiblesses.

- T'es vraiment un bon gars *man,* merci de me dire ça. Mais j'en ai pas beaucoup, des forces. À part pour me crisser le pied dans bouche, ça, j'suis fort en tabarnac. Mais peut-être que j'ferais un bon assassin, ça ferait grossir mon tiroir à compliments.

- Hahahaha !! Hostie, tu me fais mourir ! Haha ! Un tiroir à compliments !

- Quoi câlice ? Qu'est-ce que j'ai dit encore ?

- Rien de mal voyons, c'est juste les expressions que tu déconcrisses ou que tu inventes à chaque fois, t'es trop drôle hostie !! Tu me fais penser à Jean Perron.

- Ah ! Heille ! Shit… y'a une solide cocotte qui s'en vient ! Voyons ciboire, ça pas de bon sens être belle de même ! Engagez-vous juste des pétards calvaire ? Comment elle s'appelle, elle, Anaïs ?

- La petite aux cheveux d'ébène ? Elle est bandante n'est-ce pas ? C'est Charlotte. Elle n'a que vingt-deux ans les mecs, alors calmos ! J'veux pas voir vos sales pattes de vieux cornichons de clowns se poser sur elle, même pas votre regard, vous lui adressez la parole en regardant le sol... Allez je déconne ! Vous devriez voir vos tronches !

    - Bonjour, je m'appelle Charlotte, vous allez bien ?
    - Euh, OUI !!!

    J'viens tu de lui crier par la tête moi là ? Hostie de raisin de crisse...

    - Ta gueule Gérald ! Pourquoi tu lui cries dessus ?
    - Désolé Anaïs, ça a sorti tout seul... Alors, oui je vais bien mademoiselle Charlotte, merci. Et je m'excuse d'avoir crié comme un tata.
    - Vous en faites pas, qu'aimeriez-vous manger ce matin ?
    - J'aimerais une omelette western avec des patates et autant de bacon que vous pouvez mettre dans l'assiette. Et du jus d'orange aussi.
    - D'accord. Je vous apporte ça très bientôt. Monsieur ? Monsieur ?
    - Pat !!!
    - Quoi ciboire !?

- Charlotte, la serveuse, elle veut prendre ta commande !

- Ah ! Désolé. Euh… J'vais prendre des… des gaufres ! Avec des bananes pis du beurre de *peanut*, si vous en avez. S'il vous plait, ma belle…

- Ta gueule Pat.

- Hahahahaha ! C'est plus drôle quand ça arrive aux autres ! Hahahaha !

- C'est vrai, je m'excuse Charlotte, j'ai pas le droit de te *cruiser*… Anaïs veut pas, c'est elle qui me l'a dit.

- C'est pas grave monsieur Demers. Je t'apporte ce que tu prends d'habitude, Marcel ? Et toi, Anaïs ?

- La même chose que mon pote, merci beauté…

- Parfait, à tout de suite.

Elle a 22 ans, ciboire… Elle est magnifique, mais y'a quelque chose qui cloche dans ses yeux… Elle a l'air… soumise… ou renfermée… Je suis peut-être dans le champ, mais cette fille-là n'a pas envie d'être ici. Et puis, il y a Anaïs qui la fixait d'un regard quasi accusateur… Qu'est-ce qu'elle nous cache la franco-blondasse ? Je vais essayer d'en savoir un peu plus là-dessus…

*

J'espère de tout cœur que j'aurai pas à ôter la vie sans l'aide d'une arme quelconque. J'ai pas envie d'étrangler un femme, ni de battre à mort une homme, à mains nues.

Ça n'a pas de sens de penser à des affaires de même…

- J'aurais une question ; les gens qu'on doit terminer… Aucun effet sur personne, non ? J'essaie de varier mes façons de dire tuer pour pas que ça vienne redondant… J'essaie d'être positif dans toute cette noirceur de nouveau job, vous comprenez ? Non ? En tk, *fuck it*. Bref, on aura des armes ou quelque chose qui peut nous aider à la tâche ?
- Enfin, une bonne question ! Après le repas, Anaïs et moi allons vous montrer notre somptueuse salle d'armes. Un superbe éventail complet et très varié, composé de sabres et d'épées de toutes époques, de dagues, de lances médiévales, en passant par divers couteaux de chasse de différentes tailles, du couteau suisse à celui de Rambo. Nous avons également une magnifique sélection de garrotes, faites de cuir, de mailles de chaînes métalliques ou même de soie.

Simple, élégant et mortel à la fois !! Haha !

On dirait un vendeur de godasses de chez Aldo sua coke...

- C'est quoi une garnotte Marcel ?
- Pas une garnotte Pat, une garrote. Ça sert à étrangler. On passe ça par-dessus la tête et "zwit", on serre la gorge, et puis c'est tout.
- Ah ! T'aurais pu dire une corde esti... Pourquoi faut toujours que le monde invente des mots ?
- J'invente rien Pat, c'est le nom que porte l'objet. Ça s'appelle une garrote, *that's it.* Rien inventé, et puis le mot existe depuis le Big Bang calvaire...
- Calme toi Marcel, tu t'emportes là...
- Je suis désolé.
- Je m'excuse Marcel, j'suis pas un nirrudi, comme vous autres, je connais pas toutes les affaires !

J'allais le corriger, mais j'vais lui sacrer patience un peu... pauvre gars.

Et ces deux-là... Ils feront quoi pendant qu'on sera en train de chasser ? Ils vont nous observer ? Ou peut-être juste s'assurer qu'on fasse la job comme il faut… Il doit y avoir des caméras partout…

- C'est correct Pat. C'est moi qui s'excuse.
- Changement de sujet, dis, Marcel, ça t'emmerde si je baise avec Gérald pendant le séjour ? J'ai oublié mon *godemiché* chez-moi, à Paris. Et toi, t'es mignon mais tu préfères les bites. Alors ce beau blond de Gerry ferait bien mon bonheur, ce soir…

Hostie ! J'viens de gagner le *jackpot* !! Hahahaha !!

- T'as pas le droit de coucher avec un de nos employés Anaïs…
- Euh, j'v…
- Ta gueule, Gérald. Si ! J'ai le droit ! Ce sont nos règles, pas les tiennes, notre boîte, notre idée, tu te souviens ? Et qu'est-ce que ça peut foutre avec qui je baise ?
- S'cusez… Charlotte revient avec nos plats… Peut-être, arrêter de vous ostiner ?
- Mêles-toi de ce qui te regarde Pat…

J'ai comme l'impression que ces deux-là ne sont pas si compatibles, côté caractère.

- Voilà ! Bon appétit, messieurs, Anaïs. Avez-vous besoin de quelque chose d'autre ? Café, thé, jus…
- C'est parfait comme ça Charlotte, merci.
- J'ai terminé pour aujourd'hui, avez-vous encore besoin de moi ?
- Non, ça va merci, on se voit ce soir au souper ?
- Bien sûr.

Ç'a autant l'air de lui tenter que de se crisser en bas de la Place Ville-Marie…

- Bye bye Charlotte, tu reviendras nous voir, t'es vraiment ador…
- Pat, ta gueule, pour la deuxième fois, laisse la jeune fille tranquille.

Coudonc hostie, c'est tu sa mère ? Même pas moyen de la détailler sans qu'y se fasse donner de la marde. Y va ben la croiser quelque part à un moment donné, ciboire. Et à la façon dont Charlotte regarde Pat, je peux pas nier qu'ils sont complices…

- Voilà, mangeons ! Bon appétit à tous ! On reparlera de tout ça plus tard Anaïs…
- Faque, comment on fonctionne ? On

choisit une arme, on trouve la proie et on la tue ? On fait quoi du cadavre ? Et après ? On en cherche une autre tout de suite sans prendre un break ?

    - Bon, écoutez-moi bien. Après le repas, vous avez une heure pour venir choisir une arme et prendre votre première carte à jouer. Une heure supplémentaire pour trouver votre proie. Si vous ne la trouvez pas avant l'heure, vous perdez la manche et devez attendre que votre partenaire en tue un ou une avant de reprendre votre traque. Alors, comme on l'avait mentionné voilà quelque temps, chaque vacancier, ici, possède une carte à jouer. Douze cartes, douze victimes potentielles, pour être précis. Quatre dames, quatre valets et quatre As, parmi un paquet de cartes classiques, à part les jokers. Les deux bouffons, c'est vous. Les gens qui ont reçu une carte ont entre 20 et 72 ans, sept femmes et cinq hommes. Nous nous arrangeons toujours pour que ce ne soit pas des mères de famille seules, des parents monoparentaux. Nous ne sommes pas si cruels… Héhé… Et une fois décédé, vous laissez le cadavre où il est, notre équipe de nettoyage se chargera de remédier à la situation à une vitesse fulgurante.

    - Pour couper court, la grande majorité de ces connards et pouffiasses sont célibataires. Ils ne manqueront à personne, du moins, pas pour un très long moment. Et, bien sûr que vous pouvez prendre une pause messieurs. Vous prenez tout le temps nécessaire avant de venir choisir une deuxième carte. Si vous liquidez tout le monde la même journée, la partie sera très courte.

Faque, j'arracherai pas une mère à son *kid*. Toujours ça.

- En passant, y'a ben plus que douze personnes ici... c'est qui les autres ?
- Des connaissances et des amis à Marcel et moi-même. Des employés de la cathédrale en gros... Quand vous aurez terminé de vous empiffrer, allez vous changer, enfilez des vêtements appropriés aux vacances, vous devez vous fondre dans le décor, pas attirer l'attention sur vos tronches.
- Anaïs, allons-y. Pat, Gérald, à très bientôt. Revenez vers la salle d'armes quand vous êtes prêts. Vous ne me croyez peut-être pas encore, spécialement toi, Gérald, mais aujourd'hui, faites la paix avec vous-mêmes, trouvez votre éden, et ôtez la vie avec grâce et classe ! Vous allez en jubiler, je vous l'assure. Vous avez dix jours pour en liquider le plus possible.

Il en a tué combien de personnes Marcel, calvaire ? La façon qu'il parle, tuer, c'est comme manger des toasts. Y'a rien là ! Il sort d'où au juste ce gars-là ?

Hostie de *freak*...

*

- Comment tu t'en sors, *man* ? Pas trop stressé ? J'ai l'impression que tu vas péter au frette.
- Honnêtement, si t'étais pas là, ça ferait longtemps que j'aurais décâlissé. Beaucoup trop intense pour moi. C'est carrément démentiel ça, mon chum.
- Ouais c'est fou raide, big. Pis moé aussi j'suis pas mal content que tu sois là. T'es un bon gars *man*, même si dans pas long, tu t'en va tuer des gens.
- Haha ! Idem pour toi, Pat.
- De quoi "idaime" ? Kossé ça ciboire ?
- Haha ! J'oubliais à qui je parlais, ça veut dire que je te retournais le compliment, mec. Tsé comme, même chose pour toi !
- Ah... T'aurais pas pu dire ça à place ?
- C'est quatre lettres tabarnac ! Ça remplace solide une phrase, je trouve !

- C'est pas du français ça, hein Gerry ?

- Non. C'est du latin. Bon, on y va ? J'ai la chienne en hostie, mais faut que j'avance, que je me motive, comme dirait l'autre capoté.

- Marcel ça ? Ouin, moyen crisse de mongol, lui. Y'avait les yeux grands comme des trente sous quand il parlait tantôt, avant qu'y parte avec l'autre folle.

- Ouin, y'a l'air passionné de ce qu'il fait, mais… je pense pas qu'il ait tué qui que ce soit encore. Je pense même que l'autre bombe non plus. C'est nous les tueurs, pas eux. Ça me donne une raison de plus d'avoir envie de leur faire la peau.

5. *De la traque, au premier litre de sang versé*

Salle d'armes de la cathédrale
Samedi, 10 juillet 2018, 12 h 10 pm

- Vous voilà enfin… Vous avez bien mangé ?
- Ouaip, c'était sur la crisse de coche Marcel. Ça fait du bien au bedon, mettons.

Je sais pas de quoi Pat parle, je trouve plutôt que c'était sec en hostie. Mais à cheval donné, on ne regarde pas la bride.

- Super ! Commençons avec Gérald… Eh merde… Anaïs, tu poursuis s'il te plait ? Faut encore que j'aille pisser…
- Ouais, ça va monsieur petite vessie. Vous savez les mecs, que notre Marcel, il a une toute petite mini riquiqui poche à pipi ?
- Tu peux pas t'empêcher de te foutre de ma gueule hein ?
- Non monsieur. J'adore. Allez, hop, au p'tit pot ! Messieurs, passons aux choses sérieuses, des tonnes de choix s'offrent à

vous. Sabre samouraï, couteau de chasse, dague, seringue empoisonnée, chloroforme, garrotes, batte de baseball, shurikens, arcs et arbalètes, et cetera. Les seules armes non-autorisées sont les armes à feu. En plus du bruit, elles facilitent grandement la tâche, donc, ça enlève tout *challenge* et satisfaction au jeu.

- C'est bruyant un bat de baseball... Je veux dire que si j'y câlice un coup d'in jambes, il ou elle va gueuler sur un esti de temps avant de crever. Ça passera pas y n'a percu...

- Inaperçu, Pat. Mais c'est vrai que le bat... c'est pas une super idée pour la discrétion.

- Rôôô, soyez créatifs les hommes ! Laissez votre imagination prendre le dessus sur votre conscience. Soyez intelligents. Et je vous déconseille fortement de vous battre à mains nues. Il y a tout de même de solides gaillards parmi ces vacanciers.

J'adore l'idée du sabre... Putain que ça doit être violent tuer quelqu'un avec une arme comme ça.

- Gérald ? Quel est ton premier choix ?
- Si je prends le chloroforme, ça va juste l'endormir ?

- Ouais, mais elle n'en crèvera pas, faudra l'achever de tes mains, car tu ne peux porter qu'une arme à la fois.

- À quoi ça sert de prendre ça d'abord tabarnac ? Pas pratique, si je dois lui câlisser une série de coups de poing sur la gueule après.

- Sers toi de ton imagination Gérald, je sais bien que t'es pas un imbécile.

- Ok. Peut-être pour une autre victime… Je vais choisir le couteau de chasse en premier.

Cette lame doit faire plus de six ou sept pouces de long… c'est presque assez pour transpercer une personne menue, bord en bord…

- Voilà mon chou, et prends garde de ne pas te poignarder avec.

- Merci Anaïs, je vais essayer.

Oh ! C'est beaucoup moins lourd que je croyais… Et j'ai l'impression que même si le *Terminator* me pourchassait, j'aurais pas la chienne avec une lame comme celle-là dans mes mains. Bon, peut-être pas Schwarzenegger en version robot, mais au minimum… un doberman, mettons.

- Il s'agit d'un *Karambit* dernier cri, tout carbone, ultra-léger. La lame rien qu'à elle mesure près de 23 centimètres. Excellent choix. Rapide, efficace et mortel comme pas un. Pat ?

- Euhhh… La seringue ? C'est quoi le poison dedans ? C'est long avant que quelqu'un meurt avec ça ?

- Elle contient sept milligrammes d'amatoxines. Le poison actif que l'on retrouve dans les champignons vénéneux, l'amanite vireuse dans ce cas particulier. Assez pour tuer un homme en quelques secondes. L'endroit idéal, c'est dans la peau tendre du cou.

- Ouin, j'va prendre une dague pour commencer d'abord !

- Une toute petite lame ? D'accord. Messieurs, que la partie commence ! Revenez nous voir après chaque assassination, s'il vous plaît. Des questions ?

C'est là que ça se passe…

- C'est bon pour moi, Pat ? T'es correct ?

- Certain, *man. Top shape* !

- D'accord, alors voilà, choisissez une

carte, au hasard. Je vous fais un petit topo de la personne qui a la même carte que vous. Mais je ne vous donne que le nécessaire, le plaisir est aussi de traquer sa proie.

J'espère que pour ma première fois, ça ne sera pas une belle femme. J'ai pas le goût de liquider une Monica Bellucci, tsé. Pas que ce sera plus facile de massacrer un gros moron, ou quelqu'un d'aussi affreux qu'une grimace, mais quand même... Ça serait *fucking* triste, avoir à tuer une Aphrodite. Comme si on me demandait de mettre fin aux jours de Romy... Eh crisse que non. Même mon chum que je viens de rencontrer, je pourrais pas mettre fin à ses jours.

- La dame de cœur, cher Gérald. C'est une femme de 36 ans, cheveux brun foncé, mi-longs, 5 pieds 3 pouces, 135 livres. Particularité; elle se craque constamment les jointures. Et elle est un peu conne, pour ne pas dire complètement barge.

Je souhaitais autre chose qu'une poulette... Remarque que je sais pas de quoi elle a l'air... Elle est peut-être aussi laite qu'une paire de *Crocs*...

- Pat, c'est votre tour.

- Cool ! Tiens, celle-là !

- Le valet de pique. Il s'agit d'un homme de 51 ans, chauve, 5 pieds 5 pouces, 325 livres. Un bibendum, et il est le seul de ce format de conteneur, alors t'auras pas trop de problème à le trouver.

- Ciboire ! Tout un *challenge* ça, mon Pat ! Assure-toi de pas le manquer ! Et t'as choisi quoi déjà ? Une dague c'est ça ? Une p'tite lame de rien du tout pour embrocher un bœuf... Bonne chance hahahaha !

- J'peux tu changer d'arme, Anaïs ?

- Ha ! Tu peux toujours rêver ! Vous devez toujours choisir l'arme avant la victime, c'est la beauté de la chose et ça ajoute au niveau de difficulté, vous ne trouvez pas ?

- C'est de la grosse marde ! En tk...

- Hahaha ! Pauvre toi Pat, j'aimerais pouvoir assister au tiens au lieu de m'activer à la tâche ! Hahaha !

- *Fuck you* Gerry ! J'suis dans marde...

- Allez, c'est maintenant messieurs.

Bon. Qui risque rien n'a... que des morts sur la conscience...

- Chaque vacancier est ici pour faire ce qu'il veut. Ils ne se connaissaient pas en arrivant sur le site mais nous ne pouvons garantir qu'il n'y ait aucun rapprochement parmi ces derniers, la nature humaine étant nymphomane et agressive de naissance. Nous leur avons spécifié que pour gagner le prix à la fin de la semaine, ils se devaient de suivre chaque règlement à la lettre. Vous avez jusqu'à 5 heures du mat chaque jour pour liquider des gens. Tiens, voilà Marcel qui revient de son douzième pipi matinal…

- Tout est prêt ?
- Ouais, ils ont leur joujou et leur première carte-victime. Le prix qu'ils ne remporteront évidemment pas est un lot de deux cent cinquante mille dollars ainsi qu'un voyage d'un mois aux Îles Cook, en plein pacifique-sud, au nord-ouest de la Nouvelle-Zélande.

N'importe quel hostie de plouc aurait mordu à un tel concours…

- Ok, merci Anaïs. Bonne chance Pat et Gérald, nous sommes aussi excités que vous l'êtes. Ça va être le party ici cette semaine ! N'oubliez pas ! Relaxez-vous, soyez zen mais agressifs.

Comment il veut que je sois zen et

agressif en même temps bout d'crisse ?

- Bon, à plus mon Gerry ! Bonne chance !
- Toi aussi, Pat.

*

Je me sens déjà tout mou comme de la guenille... Par où je commence ? Je sais même pas dans quel coin elle se trouve, hostie. Je vais aller voir près de la piscine, si elle est pas là, j'irai au bar, près du buffet et des cuisines.

Y'a trois-quatre greluches sur le bord de la piscine qui se font bronzer, mais aucune qui ressemble à celle que je dois tuer. Et si jamais je liquide la mauvaise personne, il arrivera quoi ? Peut-être juste une pénalité, comme si tu trouves pas la victime dans l'heure... Ça doit pas être ben grave, ils sont tous ici pour crever de toute façon... Qu'est-ce qui se passe avec moi tabarnac...

Je me demande aussi ce que les autres potentielles victimes vont penser en voyant leur nombre baisser... Ils savent certainement qu'ils sont juste douze... Question pour plus tard...

Ça fait maintenant trois quarts d'heure que je la cherche... Me semble que ça serait mieux et plus efficace, sans dire plus sage, s'il faisait déjà noir dehors, non ? Ôter la vie en plein jour, j'ai besoin d'être silencieux et discret en câlice.

En tout cas, rien dans les environs de la grosse terrasse, ni près de la piscine. À moins que j'attende que le soleil se couche... Mais là je risque de laisser Pat prendre de l'avance... Et j'avais juste une heure pour la trouver, *fuck* ! Je suis en train de stresser à savoir que mon nouveau chum va tuer plus de monde que moi à notre première journée de "travail" d'assassin... Ça, c'est drôle en crisse, mais je ris pas pantoute...

Je vais aller voir au bar à l'extérieur, sinon, il reste la forêt alentour, et les chambres... Ah, et y'a le bar en haut aussi, là où Pat et moi-même avons trop bu hier soir, avec Romy, et dont je n'ai aucun souvenir... Mais il doit pas y avoir grand monde à cette heure là... surtout qu'il fait vraiment beau dehors, et qu'il y a aussi un bar, justement. On laisse tomber le deuxième étage pour le moment.

Ok, y'a deux femmes et deux hommes assis au bar à l'extérieur. Les deux ti-casses sont en *chest*, évidemment. Une *cute* aux cheveux bruns attachés en queue de cheval. Elle est en maillot de bain, un bikini deux pièces jaune criard. Elle fait les 135 livres, mais elle est de dos, et trop loin pour l'entendre se craquer les jointures... L'autre, ben je vais juste mentionner qu'elle ne les fait pas, les 135 livres. Je dois me rapprocher, il reste une place à sa gauche en plus... J'ai le cœur qui va me sortir par la gueule hostie...

- Salut ! C'est la première fois que je te vois ici, tu viens d'arriver ? Moi c'est Andrée-Anne, pis toi ? Ho ! Attends, laisse-moi deviner, j'adore ça *guesser* des noms, c'est malade, *check* ben !

What the actual fuck, hostie de câlice de tabarnac. De ciboire.

- Armand !? Joe ?! Daniel ? T'as l'air d'un Dan...

Crac... Ploc... Crac !

Jésus d'hostie !! C'est elle !!! La dame de cœur !

- C'est Gérald mon prénom, Andrée-Anne. Moi aussi j'ai cette horrible habitude...
- De quoi ? D'essayer de deviner des noms ? C'est pas vraiment ma f...
- Je parlais du craquage de doigts.
- Ah ! Krr... Krrr !! Ouais, c'est un vilain défaut, mais je m'assume, pis j'adore entendre le bruit que ça fait quand ça craque, hahaha ! Krr krrr !! Aimes-tu ça toi entendre le son que...

C'est sa façon de rire ça ? Krr Krrr ! Elle vient d'où, hostie ? Neptune ?

- Non, pas tant. C'est plutôt presque un *hobby*.
- Je comprends pas...
- Laissez tomber, c'est pas grave. Vous faites quoi dans la vie, Andrée-Anne ?
- Haha... D'accord, j'suis esthéticienne. Avec une amie, on s'est *starté* en *business*. Ça fait trois ans là, ça marche super bien. Je me suis inscrite à ce concours là parce que je veux gagner ! Toi ? As-tu envie de gagner les deux cent cinquante mille ? Pis le voyage aux Îles Cook... C'est fou !

Ben non, hostie de tarte aux myrtilles, personne veut gagner deux cent cinquante mille pis un voyage perdu dans le Pacifique…

- Je me suis inscrit en ligne… je pensais pas gagner… Avez-vous des enfants, un copain ?
- Pantoute ! Pourquoi ? Je t'intéresse, c'est ça ?
- Beaucoup plus que vous le croyez, ma chère…

Maintenant, trouver un moyen de l'attirer loin de ces hosties de *douchebags*. À moins que j'attende qu'elle se lève pour aller pisser, mais va falloir que je me tape à nouveau, de longues conversations plates à s'en ouvrir les veines, pis ça, ça me tente autant que de me sortir la bite des pantalons dans une prison pour femmes.

Je me demande bien où en est Pat avec le gros bonhomme… Et sa dague… haha…

Mon premier assassinat prendra le temps que j'ai besoin, Marcel l'a dit, y'a rien qui presse, et j'ai trouvé la dame de cœur avant l'heure imposée. Là, j'ai pas de limite de temps, et je dois pas m'en faire à savoir si Pat en a tué plus que moi. On s'en crisse. Même si je sors d'ici avec juste une victime à mon palmarès, ben ça me fait quand même cinq milles balles dans mes poches pour une dizaine de jours... ça se prend bien. Par contre, ça me surprendrait qu'ils me laissent sortir d'ici avec un seul cadavre... Au pire, je tuerai aussi ces deux gugusses qui me servent de patrons...

Je vais attendre un peu... Faire macérer ma future victime dans son jus pour un moment... Comme une bonne marinade à steak...

Il y a des gens partout, le terrain de volleyball est plein, autant de joueurs que de spectateurs...

Une petite marche pour apprendre à reconnaître les visages, ça peut pas nuire. Et, peut-être que Pat y est aussi...

- On se revoit plus tard Andrée-Anne ? Je vais aller regarder la partie de volley.
- C'est bon mon beau Gérald, je bouge pas d'ici !

Justement, christie de nouille aux œufs, l'idée, c'était que tu décrisses de ce bar là... Ça te tente pas d'aller jouer ailleurs où y'a moins de gens... Finalement, peut-être ben *cute*, mais c'est vrai qu'elle est aussi conne qu'une chaloupe à moteur. Ça sera pas une grosse perte qu'elle pète au frette... Oh, c'est pas gentil ça...

Ah ben, Pat est là aussi. Ben assis entre deux guidounes barbouillées de maquillage comme si elles allaient assister à un gala de remise des oscars à L.A.

- Hey ! Comment y va ? Tu te gardes une place pour le dessert ?
- Hein ? De quoi le dessert ?
- Les deux varlopes à côté de toi, hostie !
- Ah ! J'étais là avant eux... Pis je les toucherais même pas avec la graine de mon pire ennemi. Les as-tu vu câlice ? C'est à croire que ce sont elles, les clowns...
- Hahaha ! Pis ? As-tu trouvé ton "blip" ?
- Mon blip ? Je comprends rien de ce que tu me dis, *man* ! Parle donc en français ciboire.
- Le gros ? Ta victime ? L'as-tu trouvé, câlice ?

- Ah ! Ouais… juste au bout de la rangée à ma gauche…

- Hostie, c'est lui ! T'as besoin de le pogner à la bonne place avec ta dague ! Vise la gorge, sinon, tu risques de juste le chatouiller…

- Je l'sais tabarnac… Cré-moé, j'me ferai pas fourrer pour le prochain. Pis toé, as-tu trouvé la tienne ? Elle a l'air de quoi ? Une *cute* ou une crisse de tout-croche ?

- Nonon, elle est vraiment jolie, elle s'est craqué les doigts devant moi, ça n'a même pas pris une minute. Super belle… mais c'est une hostie de névrosée du câlice. D'ailleurs, si j'avais pas à la tuer, je me suis dit qu'elle ferait une bonne amante pour toi…

- Heille ! *Fuck you* !

- Hahahaha !! Je te niaise Pat, les nerfs ! Hahahaha ! T'as trouvé le gars assis ici ? Faque, toi aussi t'attends qu'il se lève pour le…

- Ben oui. Pas ben ben le choix… Pis… Tu vas t'y prendre comment avec la fille ? Un tranchage de gorge ou drette dans le cœur à la Baxter ?

- C'est Dexter, pas Baxter. Pis je sais pas… ça va dépendre, j'imagine. J'aimerais mieux faire ça le soir… Crisse, c'est pas évident avec le gros soleil, pis tout le monde peut nous voir, ou nous pogner sur le fait... Je voudrais pas que ça arrive...

*

Ça fait une bonne heure et demie que je gosse ici, je commence à avoir mal au cul... mais la bouboule à Pat lève son gros cul...

- Heille... ta victime, Pat, il s'en va...
- Oh crisse ! J'vais le suivre. J'vais essayer de le tuer tu suite... Ça sera une bonne chose de faite.
- T'es sérieux ? Je pensais attendre qu'y fasse noir, moi... Ça me dit rien qui vaille avec la lumière du jour qui nous pète au visage.
- Ben... J'veux au moins essayer...
- Ok chum. À tantôt. Oublie pas, vise la gorge ou le cœur, va pas niaiser à lui planter ça dans bedaine...
- Inquiète-toé pas l'gros, je l'manquerai pas.

C'est mon tour... j'vais aller voir si ma cocotte n'est pas partie se promener.

*

Elle est plus là... *Fuck* ! Oh... là-bas,

elle marche seule vers le boisé... Je vais me rapprocher... Faut pas qu'elle me voit...

- Gééééraaaald !!!

Trop tard, tabarnac...

- Si c'est pas le beau monsieur G ! Tu dois te faire appeler Gerry de temps en temps, hein ? Moi, mes amies m'appellent double "A" des fois... Tsé, comme les batteries... Krrr Krrrr !! Me cherchais-tu par hasard ? Crac... Clac... Crac...

Et revoilà mademoiselle la craque...

- Non Andrée-Anne, pas particulièrement. Je folâtrais, comme disait ma mère... Et oui, en effet, le monde m'appelle Gerry de temps en temps.
- C'est bizarre quand même hein le monde qui raccourcisse ton nom ? Tsé, Gérald, Gerry... C'est deux syllabes chaque, le monde pourrait juste dire Gérald tout le temps. Moi, c'est un peu mieux parce que mon nom est assez long hein ! Tsé, Annndrée-Aaaannne... tsé, c'est mieux si c'est plus court. Pis tsé, le monde peut le dire à l'anglaise aussi, genre "*AA*" ou "*AA*", mais en anglais,

tsé.

TA YEEUUULE !! Hostie qu'elle m'énerve, faut que j'en finisse là là…

Et trois syllabes au lieu de deux, c'est vrai que c'est crissement moins long…

- Sauf que ça fait peut-être un peu trop "Alcoolique Anonyme" ton "AA", tu trouves pas ?
- Ahhh !! Hahahahah !!! Kkrrrrrrrr Kkkrrrrrrrrrrr !!! Hahahaha !!! J'avais même pas pensé à ça !! Kkkrrr ! Kkrrr !!

Oh… quelle surprise… elle y a pas pensé, la cruche…

Pis elle rit comme un poste de radio qui est pogné entre deux lignes.

Si je l'emmène avec moi vers le petit boisé, je pourrais sûrement lui fermer la gueule, définitivement.

- Viens, on va aller prendre une marche par là, ça sent vraiment bon, on pourra jaser sans que les autres hommes qui te veulent me jalouse.

- Ah ! Okay, *cool* ! T'en a des bonnes idées toi ! Pis tu penses vraiment que les autres hommes me veulent aussi ? C'est ben hot ! Krrr ! Kkrrr !!

Plus facile à manipuler quand la fille est conne comme un 2 par 4.

- Absolument ! Croix de bois, croix de fer, si je mens, je vais en enfer.

J'y vais déjà, faque ça change vraiment rien si je la *bullshit* et trois quarts.

- Ouuu ! Ça me rend toute chaude de savoir ça ! J'me trouvais pas pire, mais là, je pense que je peux me permettre de regarder plus attentivement le menu.

Viens pas folle, t'as rien d'Eva Green ma cocotte.

- T'es vraiment une femme séduisante Andrée-Anne, n'en doute jamais.
- T'es trop *sweet*, krrr… vraiment adorable. Tu vois, on est seuls là… Pourquoi t'en profiterais pas pour…

Je crois que mes battements cardiaques

se font sentir jusque sous mes pieds. Je suis conscient qu'elle me veut, mais je vais pas me la farcir avant de l'achever. C'est limite nécro, vous croyez pas ?

Ma lame est encore froide lorsque je la sors de son fourreau dans mon dos, le métal noir brille sous le soleil déclinant. Je ne réfléchis même pas lorsqu'elle se retourne pour me faire face et lui enfonce l'arme effilée d'un coup sec, sous le sein gauche, jusqu'à la garde du couteau. Elle expire sur le coup une bouffée d'air déjà vide de vie, ses jolis yeux bleu clair se figent et s'éteignent en me fixant. Je suis paralysé, je tiens toujours l'arme plantée profondément dans le cœur d'Andrée-Anne. Je tremble et je suis euphorique à la fois. Elle est… terminée. Aussi morte que le *Cavalier sans tête*[3]. Je me secoue et regarde à gauche et à droite pour m'assurer que personne ne m'a vu. Je retire ma lame doucement du cœur de cette innocente jeune femme, le bruit de succion me fait grimacer, riez pas, vous devriez entendre le son que ça fait, tabarnac.

---

[3] Nouvelle tirée du recueil Le livre d'esquisses, Washington Irving, publiée pour la première fois en 1820. Connue également sous le nom de The Legend of Sleepy Hollow.

J'ai pas reçu de giclée de sang... J'imagine qu'en la retirant tranquillement, ça a fait en sorte de ne pas m'exploser au visage... tant mieux pour ça. Elle allait s'écraser face première au sol quand j'ai retiré mon couteau de sa poitrine, j'ai jeté l'arme au loin pour accueillir double "A" dans mes bras et la déposer doucement au sol.

C'est la première fois de ma vie que je tue... C'était beaucoup moins difficile que je pensais. Est-ce que j'ai des remords ? Pas vraiment, à part le fait que j'ai pas couché avec elle avant... Je regrette ça... *That's it*. Pas de peine. Pas d'étourdissement. Ça va bien.

Là, c'est vraiment silencieux, faut que je décrisse d'ici.

Je ne m'occupe pas du cadavre et sors du boisé les mains dans les poches en sifflotant du Joe Dassin. Il est quatre heures et vingt passé pis on dirait que le soleil se couche déjà tellement qu'il y a d'arbres pour le camoufler.

Et si tu n'existais pas, dis moi pourquoi j'existerais ? Pour traîner dans un monde sans toi, sans espoir et sans regret...

Je ne sais même pas dans quelle région on est. Je sais seulement qu'on a roulé à peu près une heure et demie en direction de quelque part. Et y'a aucune indication sur la cathédrale. Ça doit être fait exprès j'imagine. Même les vacanciers savent pas où ils sont. Je me demande ben pourquoi quelqu'un accepterait ça aussi… de pas savoir où ils se trouvent. C'est évident que c'est le faux prix de présence qui les a attirés, ces hosties de jambons…

Je zigzague parmi les gens, le monde se regarde dans les yeux de temps en temps, pour voir ce que l'autre dégage comme personnalité, j'ose croire. Moi, je me dirige vers la salle d'arme, et j'en profite pour respirer l'air un peu plus frais, de temps à autre agrémenté d'effluves de cheveux propres. J'aime ça, les cheveux qui sentent bon… Surtout me coller le visage dans la tignasse de mon ex-femme, v'là si longtemps déjà… quand elle me laissait la toucher… Qu'à mange d'la marde.

Plus loin, assis sur des balançoires, à une vingtaine de mètres de moi, deux gars et deux filles jasent avec une bière en main, fumant un pétard. Ça me ferait le plus grand bien, une pof, et je vois pas mon chum, le suppôt de Bob Marley nulle part, alors j'me dirige vers la bande, en m'assurant que ma lame est bien cachée dans son étui... Deux geeks et deux... dames ? Oh... Des cougars ?! Belles dames, par contre. Bien mises, comme disait un de mes ancêtres, en 1744. Ok, j'exagère hostie, elles ont au maximum... 50...53. 65, gros max, 88. S'cusez, je suis pas très fort pour deviner l'âge des dames un peu plus âgées.

    - Salut, ça va ? Je m'appelle Gérald, j'ai eu une *draft* de votre *weed*, je peux fumer avec vous ?

    Les deux intellos à barniques se retournent, insultés comme si je venais de leur dire que j'avais baisé leur maman.

    - S'lut...
    - C'est bon si je m'assoie ici ? Je peux payer aussi si vous voulez...
    - Voyons Matt, réponds y ! Il va pas nous manger !
    - Non, c'correct. T'in, prend une pof.
    - Merci, c'est très apprécié. En avez-vous assez pour que je vous en achète un peu ?

- Ben, j'sais pas là...
- Arrête bâtard, t'en a emmené pour une armée. Donnes-y en pour un "sept" au moins, fais pas ton *cheap*.

Pas facile...

- Merci les gars, vous êtes cool. Je vous laisse à vos affaires, désolé de vous avoir dérangé et merci encore !
- Ok.

Sympathiques jeunes gens... Un peu plus pis ses yeux me demandaient de remplir une autorisation écrite du président de la Tanzanie.

Bon, une bonne affaire de faite. *Next*, direction salle d'armes, pour le vrai cette fois.

En passant, vous avez pas l'impression que je travaille pour une bande de péquenots du câlice ? Je les sens pas hostie... Je sais pas pourquoi, mais j'ai juste le goût de les trouer de balles... Qu'est-ce que je câlice ici...

*

- Voilà notre premier assassin de la

journée !

- Pat est pas encore revenu ? Quelle heure qu'y est, là ?
- 17h44. Non, vous êtes en tête, monsieur Brunet, Gérald, pardonnez-moi. Et toutes mes félicitations, vous n'avez même pas hésité, directement dans le cœur ! Waouh ! Alors ? Quel effet ça vous a fait ? Comment vous sentez-vous ? Et la lame ? Avez-vous eu le temps de bien le sentir pénétrer dans sa chair tendre, ou étiez-vous trop excité pour vous en apercevoir ?
- Euh… ciboire, Marcel, laisse-moi respirer un peu. Pis, oublies pas que j'ai pas la même intensité que toi face au meurtre…

Voyons donc… On dirait qu'il me demande comment je file après avoir sauté en parachute… C't'un vrai crisse de malade cet hostie là.

- Je comprends, mais vous êtes-vous au moins amusé un minimum ? Et la lame ? L'av…
- Ben oui calvaire ! J'me suis pété toute une virée ! T'es content là ? Je m'attendais pas à ça… je pensais que j'étais pour laisser tomber et crisser mon camp. Mais quand je lui ai transpercé le cœur, j'ai… j'ai vu, comme tu

disais, la vie quitter par ses yeux... c'était... horrible... mais... exaltant à la fois. En avoir eu une autre *on the side* sur le coup, je l'aurais tuée elle aussi.

Tiens... ça devrait faire la job ça. Faut pas qu'il se doute de quoi que ce soit...

- Seigneur... Merci Gérald, j'en demandais pas tant. Je suis bien heureux que ta première mise à mort se soit passée à merveille. Ça devrait aller encore mieux pour les suivantes. Anaïs, d'après-toi, il est mûr pour une seconde carte ? On le garde ? Je crois que nous avons trouvé tout un spécimen...
- Ouais, je crois que ça devrait aller... En plus, regarde ses yeux, on dirait qu'il a troqué son regard de "ne me fais pas de mal" pour un de "tu ne paies rien pour attendre, enflure de merde !" J'adore ça, ça me donne envie de me le taper sur le champ.
- Range ta libido visqueuse et donne-moi le paquet de cartes restantes, s'te plait.
- Va niquer ta mère Marcel, je t'emmerde. Je vais t'en foutre moi de la visqueuse...
- Hahahaha !! Tenez Gérald, vous

pouvez en prendre une nouvelle tout de suite ou attendre de vous reposer… c'est comme vous voulez.

- Ou il peut enfin m'emmener à sa chambre et me foutre sa bite bien profonde, au fond de la gorge…

Euhhh…

- Anaïs… Tu me décourages, parfois.
- Moi, je…
- Ta gueule, Gérald. Et on s'en fout, Marcel, de ce que tu crois. Vis ta vie et fous la paix à la mienne.
- D'accord, je suis désolé Anaïs, c'est juste qu'on avait discuté de tout ça avant qu'on se…
- S'cusez, je peux-tu piger une carte pis décalisser, là ? Ça m'intéresse pas de vous écouter vous donner de la marde, pis j'm'en sacre pas mal aussi de toute façon.
- Oui, bien sûr, mais vous devez choisir l'arme avant la victime, n'oubliez pas. Je suis désolé, ça ne fait pas très professionnel n'est-ce pas ?
- Pas vraiment, non. Mais j'm'en crisse, c'est pas mon problème. Avez-vous des haches de guerre ?

Mon niveau d'anxiété augmente encore, mais beaucoup moins intensément que ce midi, quand j'ai appris que je devais tuer une belle jeune femme… Andrée-Anne… Avec son rire de poste de radio qui griche. Krr Krrr !!

Mais peut-être que cette fille-là a plein d'amis… Ils vont surement se demander elle est où justement, mademoiselle AA… Famille ou pas, elle manquera à quelqu'un certain, un jour ou l'autre…

- Si on a des haches de guerre… Ce qu'il est marrant notre Gérald !
- Quoi, hostie ? Je vois pas ce…
- Allez, je déconne, t'aimes pas les blagues, beau blond ?
- J'adore les blagues Anaïs, mais celle-là… c'est pas une blague, c'est juste de dire que j'suis drôle parce que j'ai demandé si vous aviez des haches, je comprends pas…
- Ce qu'il est chiant ce connard quand il veut ! Eh, enflure, je te refile la plus effilée et terrifiante des haches que nous avons, tu me découpes ta prochaine victime en sushis, et tu me rejoins au pieu. C'est moi qui offre le buffet à volonté ce soir.

Clairement, elle me veut. Vous avez dû

vous en apercevoir vous aussi... Mais je fais quoi avec ça ? Bien entendu, elle est totalement désirable, et je suis certain qu'elle sait s'y prendre avec une bite. Mais je ne lui toucherais même pas avec une perche de dix pieds. *No fucking way*. Beaucoup trop *flyée* pour moi. Et je la trust pas pantoute. Des plans pour que mon pénis se fasse la malle au Congo avec une maladie exotique quelconque.

    - Suite Sanchez. Au troisième. Après le repas. Après ton meurtre.
    - Anaïs !! On peux-tu en revenir là, avec tes avances à Gérald, et aboutir à quelque chose ? J'ai l'impression d'assister à un mauvais porno !
    - Hahaha !! *Burn !!!* Hahahaha !!! Est bonne celle-là Marcel !
    - Ta gueule Pat. Ouais Marilou, j'ai terminé. Allez, j'vais chercher la hache pour Gérald.
    - Appelle-moi pas comme ça ! Tu sais très bien comment je déteste !
    - Et pourquoi tu crois que j'lai dit, p'tite tête ?

    Pat ?! Cette grosse voix d'innocent, je la reconnaîtrais parmi des millions...

- Salut la gang, désolé d'avoir ri, Anaïs... Hey Gerry ! Vous allez pas croire comment ça s'est passé, câlice. C'te gros crisse là...

6. *Gerry en a plein le cul, Blanche devient translucide*

Hostie !! C'est du sang que je vois partout sur ses vêtements ?

- Pat !! Ça va ? T'es plein de sang, tabarnac !! Raconte-moi comment t'as fait pour faire mourir le gros plein de soupe, pis pourquoi on dirait que t'as pris un bain avec *Elisabeth Bathory* ?
- J'sais pas qui c'est Elisabette chose, mais imagines-toé donc qu'on aurait dit qu'y savait que je le suivais. Quand il s'est levé de son banc d'estrade, je l'ai suivi une bonne demi-heure avant qu'y se retourne pis qu'y me *spotte*. T'aurais dû voir ça *man,* pas l'air évident marcher avec ce poids-là. Il pompait l'huile en câlice le baquet, pis il suait comme un gros cochon.
- Oh *shit*, il t'a vu ?! Qu'est-ce que t'as fait ? T'es-tu caché ?
- Non *big*, j'ai fait semblant de regarder le ciel, un avion ou n'importe quelle crisse de niaiserie pour pas qu'y se doute de quelque chose. Ç'a ben passé, y'a continué son chemin comme une zamboni qui refait la glace.

Je m'ennuyais de ses expressions débiles et absurdes. Première fois que je l'entends celle-là, et j'ai aucune crisse d'idée sur quelle expression me baser. Mais j'dirais - "Ça a passé comme papa dans maman"... quoique, avec Pat, j'suis pas convaincu. *Anyway*, j'lui dirai rien cette fois-ci, je l'ai assez repris pour aujourd'hui. Mettons que c'était son quinze minutes de gloire... Lui, il vous dirait sûrement que c'était son quart d'heure de popularité ou de mérite, ou une autre connerie du genre.

- Ok, pis t'as continué de le suivre longtemps ? Est-ce que quelqu'un vous a vu ?
- Les nerfs Gerry, personne m'a vu. J'ai fait ça comme si j'avais été un assassin toute ma vie. Un vrai ninja esti.

Ouin... Mettons...

- Je l'ai pas suivi longtemps, y s'est en allé vers où je pensais qu'y irait. Tu me croiras pas mais il s'est enfermé d'in bécosses le gros crisse de tata... Quand j'suis entré derrière lui pis qu'y m'a vu, j'ai vu dans ses yeux qu'y savait que j'étais là pour le tuer... y'était *fucking* terrorisé le potelé, *man*. Y'a couru vers la cabine pis y s'est embarré là. Y criait comme une vraie p'tite plotte. J'ai crissé un coup de pied dans porte, y l'a reçu drette dans face, ça lui a pèté les deux *chicklets* su'l coup. Y'était sonné raide. Je l'ai piqué genre 20 fois après, un peu partout, dans face, dans gorge, sua bedaine... ça jutait comme la fontaine de chez Guy, en Italie... C'est pour ça que j'suis beurré de même d'ailleurs.

La fontaine de chez Guy, ciboire. J'vais l'adopter et le ramener chez-moi ce Pat-là.

- C'était pas un bon choix la dague, man. Y'a fallu que j'me dépêche tsé, j'voulais pas qu'y se mette à hurler comme une truie non plus... Faque je l'ai achevé comme un crisse de fou, trois-quatre coups de lame dans gorge, ça fait l'effet voulu en tk, sauf que c'est salissant en tabarnac. Pis un dude qui se vide de son sang, ben même si y peut pas parler, y gargouille câlice, on dirait qu'y se gargarisait avec de l'eau comme après s'être brossé les dents. Grblbl !! Grrrblblblbl !!! Hahaha !

Pat est en train de péter un solide *gasket* lui aussi... Quoique, chacun réagit différemment face au meurtre, j'imagine, tout le monde doit finir par virer su'l top hostie...

- Haha ! Ouin, la dague... tu pouvais pas savoir que t'aurais à embrocher un p'tit tonneau mon chum. Tu te reprendras avec le ou la prochaine. Pour ma part, je pense que je vais me gâter avec le sabre samouraï... J'ai toujours rêvé de voir si on peut vraiment trancher un membre ou même le tronc, d'un seul coup d'épée...

Ciboire... j'suis un crisse de psychopathe moi aussi...

Mais c'est temporaire, j'vous ferai pas vivre ça *ad vitam aeternam*, j'serai pas capable d'en tuer une dizaine, tabarnac... j'suis pas si maniaque que ça... juste assez... Je préfèrerais me farcir mes deux bozos de patrons et décâlisser d'ici au plus crisse.

- Moé, j'suis curieux de savoir ce que ça fait de se faire injecter un poison dans le corps... Mais là encore, c'est une toute petite arme ciboire... La machette peut-être ?
- La machette, c'était aussi mon choix, après l'épée, héhé... Un bon coup juste en dessous du menton pis... Piou !! La tête qui revole dix mètres plus loin...
- Bon, on y vas-tu la chercher, notre

crisse de carte, Gerry ?

- Ouais, *go*, j'suis prêt...

- T'avais pas déjà pris la tienne ? T'étais avec eux quand j'suis arrivé...

- Non, ben, j'allais la prendre mais je t'ai vu arriver, pis ces deux mongols là arrêtaient pas de s'obstiner, fallait que je décrisse...

- Ah ! Hahaha ! Y'ont pas l'air de s'entendre super ben eux-autres, c'est vrai. Penses-tu que tu vas réussir à coucher avec Anaïs ? Si tu le fais *man*, j'te suce la graine, je veux savoir ce qu'a goûte.

- Voyons donc tabarnac, tu me niaises certain là, hein ?

- Hahaha ! D'après toi, crisse de fou ?! Hahahaha !!! Esti de malade !

- Haha...

Bon, retour à la case départ, c'est l'heure de savoir qui on tue...

- Salut. Le valet de pique est *"out of service"*, j'viens chercher une nouvelle carte. Pis... on a tu un repas de prévu à soir ? Je commence à avoir faim en crisse, ça ouvre l'appétit de piquer un homme comme on attendrit un steak... haha !

- Salut Pat ! Oui, le repas est servi à dix-neuf heures précises. Une musique se fera entendre pour avertir les gens. Et... ça s'est bien passé malgré tout ? Le pauvre homme était troué comme un gruyère !! Hahaha ! On aurait dit une passoire à pâtes ! Wow !! Hahahaha !!

Bon, v'là Marcel qui recommence avec ses réactions toutes droit sorties d'une garderie, comme si on avait fait un beau kéka dans le p'tit pot. Un peu plus pis il s'adresse à nous penché par en avant en p'tit bonhomme, les mains sur les genoux.

- Ouin, c'tait pas facile facile... Mais j'pense qu'y savait que j'voulais l'piquer... quand il m'a vu entrer d'in toilettes derrière lui, j'ai vu qu'y avait à chienne en tabarnac... y s'est mis à hurler comme une dinde, jusqu'à temps que j'lui câlice la porte d'la cabine d'in dents. Ça, ça y'a coupé le sifflet sur un esti de temps. J'ai juste eu à l'achever après.
- Booon... Excellent ! Je suis content que vous ayez fait chacun une victime et que vous soyez toujours prêts et motivés.
- Les nerfs avec la motivation mon Marcel, c'est le *cash* qui nous attire, pas tes...
- Je sais Gérald, je sais... N'empêche que ça paraît que vous vous plaisez, ça se voit dans votre regard. Je sais de quoi je parle

messieurs...

La seule personne que je vais me plaire à faire la passe, c'est toi mon mange-marde...

- Ouin, mettons que ça passe le temps de façon unique... Bon, sors le paquet que je pige.
- Pas un autre bouboule ! Ça serait crissement chien...
- Il n'y en a pas d'autres les mecs, seulement des plus balèzes.
- Calme-toi Pat, c'est mon tour *anyway*.
- Ça vous tentait pas de nous fournir des mitraillettes avec un silencieux ? Tsé comme d'in films là !
- Tu veux dire un MP5 Pat ? On en voit pas mal partout.
- Je l'sais-tu moé... Peu importe crisse, juste une arme à feu qui fait pas de bruit...
- Non. Y'a que les gard...
- Anaïs !!! Stop !
- Ohhh ! Voyez qui prend les commandes ! D'accord, j'ai rien dit.
- Une maudite chance...

C'est noté bande de couillons, les gardes ont des armes à feu.

Pour parer à ces enfantillages bas de gamme, je pige la carte. L'As de carreau... encore une rouge... Le rouge est relié aux femmes ? *Shit* ! C'est un As ! C'est qui les As, si les valets sont des hommes et les dames, des gonzesses ? Des mutants ? Des gnomes de jardin ? Des transgenres ? Une fille avec une bite dans l'front ?

- L'As de carreau... Vous avez dit que...
- Une autre femme, c'est à croire que vous les attirez monsieur Brunet. Gérald, pardonnez-moi. Mais les As sont des vacanciers spéciaux. Ils ne sont pas... comment dirais-je... normaux ? Bref, ces derniers ont des capacités extra-sensorielles qui pourraient vous compliquer la tâche quelque peu... mais c'est sans grand danger pour vous, seulement un *challenge* supplémentaire... Voyez ça comme un puzzle à résoudre comme lors d'une partie de *Elder Scrolls* ou *Tomb Raider* sur console de jeu...
- Ok. Mais je pense quand même que les rouges sont toutes des femmes mon Marcel...
- Euh, j'en serais pas si sûr...
- Ben ciboire, dis-le à ta face.
- Allez ! On s'en fout ! Il a raison ! Qu'est-ce que ça change de toute façon ? Ils

pigent quand même au hasard...

- Bon d'accord ! Alors, oui, les rouges sont des femmes et les hommes, vous aviez compris, les noires. Reste les As qui sont mixtes.

- Donc, l'as de carreau... Une femme de 68 ans.

- Crisse ! J'aurai pas à courir après au moins... Elle est pas en chaise roulante tout de même ?

- Non, elle marche, cher Gérald. Elle a, évidemment, les cheveux blancs-gris, mesure tout juste cinq pieds et transporte un poids non-négligeable de deux cent quatre livres. Quatre-vingt-douze kilos pour toi, Anaïs, héhé... Chose à retenir, elle possède une canne de marche ornée d'une tête de cobra, elle est toujours vêtue de noir et affiche un regard accusateur et perçant.

Une canne avec une tête de serpent ? Pourquoi, hostie ? C'est ben *weird* ça ! Voir qu'une vieille p'tite mère se promène avec ça... Ça doit être une sorcière calvaire... Mais j'y pense, ça doit être elle que j'ai vu au déjeuner ce matin qui me fixait...

- Êtes-vous certains qu'elle a gagné au concours, ou ben vous avez engagé une cartomancienne ou une genre de "médium" pour essayer de nous foutre la chienne ?

- Elle s'est inscrite, comme tout le monde. Par contre, nous avons appris qu'elle avait un certain pouvoir... à vous de le trouver, mons... Gérald. Vous ne serez pas plus en danger qu'en compagnie d'Andrée-Anne, mais cette dame vous donnera, au minimum, au moins un peu de fil à retordre.

- On verra bien, si je la tue rapidement, elle aura peut-être même pas le temps de rien dire ni faire pour me compliquer la tâche.

- Libre à vous de faire comme bon vous semble, n'empêche que j'ai très hâte de voir comment vous vous en sortirez. N'est-ce pas Anaïs ?

- À qui le dis-tu...

Pourquoi j'ai toujours l'impression de participer à un jeu télé miteux, sans âme et enfantin dirigé par deux hosties d'illuminés du tabarnac ? Pas évident d'agir comme si j'avais vraiment hâte et envie de massacrer une dame de soixante-huit ans...

J'ai pas particulièrement peur mais c'est quand même assez freak d'apprendre que j'vais m'attaquer à une p'tite madame qui semble avoir des pouvoirs surnaturels. Je devrais peut-être demander aux frères *Winchester*[4] de venir me filer un coup de main…

- À mon tour Anaïs. J'aimerais ça piger un As moi aussi, j'suis tout excité pour toé Gerry, câlice ! Hostie de chanceux, un *challenge* !
- Je pense plutôt que tu mérites un *break* et qu'un p'tit gringalet ou une p'tite femme de quatre-vingt-cinq livres toute mouillées te ferait le plus grand bien.
- Ouin, t'as pas tort… Check ben ça câlice, j'vais pogner un autre colosse ! Hahaha !
- Hahaha ! De toute façon, tu dois décider de ton arme…
- Ah oui crisse ! Euhh…
- J'vais prendre… Vous avez des épées hein ? J'en prendrais ben une. Gerry m'a allumé avec son idée à savoir si un sabre, ça peut trancher les gens… pis de toute façon, il a choisi une hache…
- J'vais te refiler le plus magnifique des katanas que nous avons. Celui-ci peut trancher

---

[4] Les frères Winchester, Sam et Dean, sont des personnages fictifs de la série télévisée Supernatural (2005-2020) qui débuta le 13 septembre 2005 sur les ondes de The WB network aux États-Unis.

un fil de pêche sans même y mettre de la pression. Avec une lame de soixante centimètres, y'aura aucune résistance de la part des membres, pas les vacanciers ici présents, je parle bien sûr des bras, des jambes et des autres trucs qui dépassent du tronc humain... comme la tête, par exemple...

- Tu veux ta carte tout de suite Pat ? C'est comme tu le désires, Gérald a pris la sienne, il aurait dû attendre je crois, car il devra se grouiller le derche pour trouver mamie avant d'aller bouffer...

Fuck d'hostie de tabarnac ! J'ai complètement oublié ce détail... Va falloir que je décrisse tout de suite si j'veux pas manquer le lunch.

- J'avais pas pensé à ça ciboire... Ça vous a pas passé par la tête que j'voulais manger aussi ?
- Allez Gérald, l'idée, c'est de pimenter vos meurtres, pas de vous faciliter la tâche...
- Vous voulez pas lui donner tout frit dans l'sac, hein ? Hahaha !
- Tout cuit dans le bec, Pat. T'étais pas loin, continues, ça s'en vient.
- Va donc chier Gerry, haha !
- Il est déjà dix-huit heures passées

Gérald, tu devrais partir à la chasse. Et toi
Pat ? Tu prends cette carte ou non ?

   - Euh, j'sais pas là câlice... J'va attendre
j'pense...

   Le crisse de chien, haha ! Bah, il mérite
ben de relaxer un peu le grand mongol... Bon
ben, *go* hostie !

   - À plus Pat, j'y vais.
   - Hein ?! Tu vas faire quoi ? Tu t'en va
où, câlice ?
   - Trouver l'As de carreau, calvaire ! Faut
que je la trouve avant... sinon j'vais devoir
attendre que toi tu liquides ta proie avant que
je puisse recommencer à la chercher hostie !
Et j'ai faim !!
   - Ah... ouin... j'comprends *man*, je
m'excuse.
   - Ça va, y'a rien là. Bon, ciao. Attends-
moi avant de commencer à bouffer, j'veux pas
manger tout seul comme un raisin.

   C'est plus frais que ce matin, mais le
soleil est encore assez présent pour empêcher
de ressentir une brise. C'est tranquille en
crisse ici, et ça sent bon. Je pourrais aussi
ajouter que j'entends des oiseaux gazouiller,
que le vent léger me fouette le visage de sa

douceur estivale mais c'est pas le but, pis c'est pas mon genre de déblatérer sur la température. Faque, *fuck off* le *small talk*...

La dame doit être assise quelque part... mais, ça fait quoi à cet âge-là ? Elle est probablement en train de *watcher* le monde, à écornifler à gauche et à droite, dans l'attente que quelqu'un fasse une niaiserie. Comme au centre d'achat. Tu les vois assis sur les bancs, avec un éternel câlice de café dans les mains, à fixer le monde droit dans les yeux avec une face de marde.

Personne sur le terrain de volleyball, ni assis dans les estrades...

J'ai vu ce matin en me dirigeant vers les cuisines qu'y avait des balançoires sur billes pas très loin... Tsé là les grosses hosties de patentes où tu peux t'asseoir quatre avec une table au milieu ? Avec un ti toit aussi, pour pas décoiffer les permanentes des p'tites madames quand y pleut ou quand y vente trop fort. Peut-être que l'ancêtre y est assise...

- C'est moi que tu cherches ?

Hein !?

- J'ai su tout de suite après m'avoir inscrite à ce concours-là, que quelque chose clochait. Je t'ai vu au déjeuner, assis avec tes deux nouveaux patrons. Et là, à te regarder te promener comme ça, les mains dans les poches à regarder partout, c'est pas mal évident que tu me cherches. Bien, tu m'as trouvée. Que vas-tu faire de moi, maintenant ? Si c'est pour me kidnapper en échange d'une rançon, alors t'es mal tombé, je n'ai pas d'argent. J'imagine que tu ne veux pas me violer non plus, à mon âge... À moins que tu aies un fétiche pour les dames plus âgées... Mais je suis convaincue que t'es ici pour me tuer. Que ça te donnera les fonds nécessaires pour sortir de ce pays...

Je rêve certain... *What the fuck*... C'est ça son "pouvoir" ? Elle sait que j'suis là pour elle ?

- Bonjour madame... Pourquoi vous me dites tout ça ? Je faisais juste passer, j'allais me griller un pétard plus loin, avant la bouffe, ce soir... Je m'appelle Gérald, et vous ?
- Laisse faire, fais pas l'innocent. C'est pas parce que t'es pauvre que tu peux prendre le droit d'ôter la vie des autres. As-tu réfléchi à

comment tu ferais pour vivre avec ça sur la conscience ?

En effet, ça ne m'était pas encore traversé l'esprit, mais merci... câlice...

- Vous êtes qui au juste ?
- Je suis celle qui connaît tout mon cher Gérald. Comme je sais que si ce n'était pas de ton nouveau copain Pat, tu ne serais pas ici non plus... J'ai été aveuglée par l'argent du concours, j'aurais dû y réfléchir avant de m'inscrire. Mais bon, c'est trop tard maintenant. J'imagine que je ne pourrai rien faire pour te dissuader de ne pas me tuer aujourd'hui.
- Pour votre information, et je vais être honnête avec vous parce que vous l'êtes aussi, et vous m'avez démasqué de toute façon, je suis allé à une entrevue de masse voilà quelques jours. Et pour couper court, parce que comme vous dites, vous le savez déjà, j'me suis fait engager par deux hosties de malades mentaux pour assassiner les douze vacanciers ici présent... ben là, vous êtes dix.
- Je t'ai vu enfoncer ton gros couteau dans le cœur de cette jeune femme Gérald. J'ai vu son âme quitter son corps en détresse, je ne veux plus jamais vivre ça.

Sainte-hostie de crisse…

- J'ai sauté sur l'occasion à cause du *cash.* Je suis désolé mad…
- Blanche. Appelle-moi Blanche, s'il te plait.

Je peux pas l'appeler par son prénom… Pis comment j'vais faire pour l'assassiner, là ? Elle est en train de m'avoir à petit feu la bonne femme.

- Madame…
- T'es pas obligé tu sais… Tu peux juste continuer ton chemin comme tu m'as dit plus tôt. T'as aussi mentionné qu'on était douze au total, on est encore dix, as-tu l'intention de tuer tout le monde ? Je peux t'aider à sortir d'ici si tu le désires… J'aurais même un secret à te raconter, à propos de Charlotte…
- Charlotte la serveuse de ce matin ?!
- Celle-là.
- Qu'est-ce que vous savez ? J'ai remarqué aussi ce matin qu'il y avait quelque chose qui tournait pas rond chez cette fille. Elle est ici sans son consentement c'est ça ? Ces câlices-là !!

- Si tu m'épargnes, Gérald, non seulement je vais t'aider à sortir Charlotte d'ici, et Romy aussi si ça peut te faire plaisir, mais je te dirai également où dorment ces deux scélérats, que tu puisses les envoyer en enfer, là où ils devraient errer pour l'éternité. Et j'ai un autre secret à te confesser, que j'ai réalisé ce matin en te regardant manger.

Intense la madame… Et pourquoi elle parle de la barmaid ? C'est vraiment des secrets ou c'est juste pour m'enfirouaper ? Qu'est-ce que je fais tabarnac !?

- C'est un très bon deal madame… mais… je sais pas…
- Blanche.
- D'accord, Blanche. J'avais pas vraiment envie de tuer personne non plus… à part ceux qui le méritent, comme les rats de ce domaine de capotés du câlice. Mais, je suis confus…

J'peux pas continuer ce manège de culpabilité encore longtemps… J'sais pas si j'ressens de la pitié ou une certaine compassion mais j'dois arrêter ça tout de suite. Si je commence déjà à me remettre en question, c'est moi qui vais sortir d'ici les pieds devant, dans un sac à macchabée.

- J'dois faire ce que j'suis destiné à faire madame...
- Bon... J'aurai au moins essayé. Tu peux m'endormir ? T'as sûrement une seringue remplie d'un poison mortel ou quelque chose du genre ? Tu ne vas pas m'achever avec un bat de baseball au moins, n'est -ce pas ?
- Non, j'ai pas de seringue, je suis désolé, madame. Je dois vous abattre avec... cette hache...

Vous devriez y voir la face... C'est pas plaisant. Même qu'elle est en train de retirer tout l'enthousiasme qui grandissait en moi. Et ça, ça me fait ben plus chier. C'est ma rage là, qui est en train de prendre le dessus...

D'un coup, mon bras décide pour moi, avant même que je prenne la décision de la terminer ou pas, et s'élance de toutes ses forces, pour atteindre Blanche, de plein fouet, sur le dessus de la tête. D'une certaine manière, je m'attendais à ce bruit caractéristique. Celui d'une arme défonçant le sommet moelleux du crâne humain. C'est vraiment dégueulasse. Et je n'ai eu aucune difficulté à l'enfoncer. Un peu comme si j'avais donné un coup de cette hache de guerre dans un pot de margarine mi-molle. J'aurais cru avoir un peu plus de "résistance" de la part d'un os qui est censé protéger la partie la plus importante du corps entier. Ben non. Et aucun cri, aucun bruit, autre que le ploc suggéré par le guide du frappage d'objets sur une tête...

Je force un peu pas mal pour la retirer de là... *Checkez* ben ça, ça va me juter en pleine face...

Gnnn... Gnnnn... Tchlok...

Ohhh... Pas si pire. Mais elle n'est pas sortie complètement...

FLOTCH !!

- TABARNAC !!! Beurk !! Pouah ! En pleine gueule, hostie de câlice !!

En recrachant un des derniers morceaux de la cervelle de Blanche de ma gueule, je constate que la bouche de cette dernière s'est figée d'un "O" aussi parfait qu'un cerceau. Ses épaules sont toujours remontées, dû au choc, et ne s'abaissent plus. Ses yeux sont ouverts sur le néant. Elle ne peut pas être plus décédée que ça, et elle n'a clairement pas souffert une seule seconde. J'ai pris la bonne décision, fallait pas que je la laisse parler...

J'm'attendais à un peu plus de *challenge* que ça j'vais vous avouer...

Mais... Elle était terrifiée. Son regard, assurément pétillant il y a un certain temps, me dardait maintenant d'une œillade accusatrice, résolue à son sombre destin.

Je file pas pantoute là...

Une opportunité sanglante pour un ex-bouffon

7. *Mange, prie, aime... plutôt mange, tue et planifie*

C'est un vrai bonheur qu'ils soient juste douze ici, ben maintenant neuf. Ça diminue de beaucoup, les chances que j'me fasse surprendre par qui que ce soit. Quoique la quantité phénoménale d'arbres sur le site aide grandement aussi.

Mais c'est maintenant l'heure de la bouffe, enfin, et j'ai encore vingt minutes d'avance. J'ai même le temps de m'en rouler un petit, avant d'aller rejoindre la bande de joyeux lurons du câlice avec qui j'vais partager la croûte ce soir. J'sais pas si la cocotte y sera aussi... la belle Romy... elle travaillait au bar hier soir mais peut-être qu'elle servira à manger ce soir... C'est pas comme si j'étais chez *Boston Pizza* calvaire, y doit pas y avoir un bassin énorme d'employés ici d'dans...

Je me dirige vers la cathédrale, et me trouve un spot agréable pour m'évacher, fait vraiment beau ce soir. Un ciel sans nuage, mais j'vois quand même des traînées de brume effilochées d'un rose et violet voilé. C'est complètement fou. D'après moi, et j'dit ça parce que j'me suis promené énormément quand j'étais jeune, on est quelque part dans Les Laurentides… Ils ont vraiment bien choisi l'endroit, les débiles… C'est crissement bien caché. Mais, selon mon expérience, c'est quelque part près de Tremblant. J'le sens dans l'air…

Et j'en ai aussi plein le cul je pense, d'être dans le néant. C'est trop bizarre… J'ai pas particulièrement envie de passer dix jours ici à massacrer des gens, pour juste cinq mille du mort… Je devrais tuer les boss et leurs sbires câlice, et prendre tout le paquet à la place… Ça, ça vaudrait la peine, et ça retirerait de la planète, quelques merdes de notre société déjà pourrie…

Tiens, juste ici, ça fera l'affaire. *Shit*, j'ai tu un *lighter* dans mes poches ? Ah *yes*, je l'ai. D'ailleurs, j'ai pas revu ce… Matt ? Ouais, c'est ça. *Anyway*, j'en ai assez pour mon séjour…

- Gerry ! Mon crisse de malade ! Je t'ai cherché partout !
- Pat ? T'es pas assis en train de

bouffer ?

- Tu m'as dit de t'attendre tabarnac. T'as dit…

- Okay okay, je m'excuse… haha !

- C'est correct *man*, bon, t'en viens-tu là ?

- Attends, y reste encore une dizaine de minutes, veux-tu le fumer avec moi ?

- Crisse l'gros, t'as trouvé ça où ? Tu m'en as pas demandé y me semble ?

- J'en ai acheté d'un ti-caille de vacancier. Il s'appelle Matt. Il a l'air d'un jeune geek, avec le physique d'un barreau de chaise.

- Y doit être impressionnant rare ! Hahahaha ! J'va fumer avec toé *man*. Mais grouilles-toé à l'allumer qu'on décâlisse, j'ai hâte de voir les filles…

- Tout le temps en train de penser aux *chicks* toi hein ! Gros pervers du tabarnac ! Regarde dans le dictionnaire, à côté du mot "bite à la place du cerveau", y'a ta face qui sourit.

- J'parle pas de toutes les plottes *man*, juste de Charlotte qui nous a servi à déjeuner à matin… pis Romy, ta p'tite barmaid d'hier soir. Viens pas me faire croire que tu y a pas pensé ciboire.

- C'est certain que j'y pense Pat, à part toi pis elle, y'a pas grand-chose qui m'retient ici. Bon, y'a les billets évidemment, mais c'est pas juste ça... J'me suis mis à réfléchir en marchant plus tôt... Ah pis en passant, j'ai eu madame Blanche v'là pas... vingt minutes... j'en ai un d'avance sur toi mec.

- Quoi !?! Déjà ??
- Ouin, l'As supposément surnaturel... Elle savait que j'étais pour la tuer, elle s'est mise à me jaser avant même que j'la vois. J'ai eu un choc sur le coup mais j'suis passé par-dessus. Y fallait que l'attaque tout de suite, elle m'a presque amadoué avec son regard de chien battu. C'était pas super cool mettons...
- Esti de chanceux, va falloir que j'me grouille le cul si j'veux te rattraper... Tu vas voir, j'vais te faire tordre la lumière.
- Euh... mordre la poussière Pat.
- Huh ?
- Mordre la poussière.
- Ah... m'en câlice, mon esti de rat. Hahaha ! Crisse de bon *weed* en passant, mais on y vas-tu manger, là ?
- Ouaip, *go* mon chum.

*

- Calvaire... Hostie de belle ambiance hein ? Ça sent la viande grillée et... les... fleurs ? Pat ? C'est moi ou ça sent... la violette ?

- J'sais tu moé crisse, j'connais rien aux fleurs *man*. J'sens juste le steak. Pis coudonc, tu sais tu toute sur toute, toé ? Check le gros cerveau comme dirait Pérusse. Hahaha !!
- Hahaha ! Ok, n'empêche que je peux détecter une odeur de violette. Et si j'me souviens, ça se mange c'te plante là.
- T'es ben bizarre l'gros, on s'en câlice-tu des crisses de fleurs, j'veux bouffer de la viande moé, reviens-en ciboire.

Tiens, Marcel et Anaïs sont assis à la même table que ce matin, j'imagine qu'on s'assoit encore avec ces hosties de *fuckés* là... J'me demande si j'devrais en parler à mon collègue de meurtre et nouveau copain pour la vie... J'ose croire qu'il a une conscience le gars...

- Heille Pat, après le souper, faudrait que je te jase de quelque chose, et loin de nos deux mongols, y'ont les oreilles bioniques ces crisses-là.
- Ah ouin ? De quoi ?
- Tantôt *big* j'ai dit, j'veux rien dire devant les autres.
- Okay *man*. Je te laisse la place à côté d'Anaïs ? Haha !

- Arrête hostie ! J'sais pas comment gérer ça... Y vas-tu vraiment falloir que j'aille à sa chambre cette nuit pis que je la fourre d'un bord pis de l'autre ? J'en ai pas envie, même si elle a l'air d'une déesse grecque, c'est une crisse de bombe à retardement, calvaire. Elle me fait peur tabarnac...

- Pis beaucoup trop *sex* pour toé aussi, en passant... Elle me l'dirait pas deux fois moé, j'irais en crisse la rejoindre...

- Ben oui c'est ça ! Facile à dire quand c'est pas toi qui est au menu ! As-tu au moins vu la façon qu'elle me regarde ? On dirait qu'elle va me...

- Bouffer avec une p'tite sauce ? Je l'sais, pis ça me fait chier en câlice, j'donnerais une gosse pour une nuit avec elle...

- Hahaha ! Ah ouin ? Perso, j'irais avec un doigt, ou même un bras, mais une gosse ? Ça fait partie de mon kit de base, je m'en départis pas une seconde. Haha !

Je me dirige de l'autre côté de la table, Pat a respecté mon choix, gentil toutou...

- J'ai éliminé l'As de carreau.
- Ouin, à voir ce que t'as l'air, tu t'en est pris plein la gueule hein ? Hahaha !
- Tu trouves ça drôle Marcel ? As-tu

déjà reçu des bouts de cervelle dans la bouche ? J'pense pas, faque ris pas tabarnac.

- Hé, Gérald, t'aurais pu aller te doucher avant de venir nous rejoindre tu sais, ça schlingue la mort depuis que t'es arrivé… et tu peux pas rester comme ça, les gens vont te voir.

- J'ai le temps ? J'en ai pour dix minutes, gros max. Merci. Pat, attends-moi !

- Ben oui *man* !

Comment j'vais aborder le sujet avec Pat…

*

- Gérald ? C'est toi ?

Romy ? Voyons, je la vois pas…

- Tu ne vas pas manger avec les autres ?

Le temps s'arrête à nouveau… elle marche vers moi, telle une panthère noire traquant sa proie, ses yeux me transpercent d'un mélange de désir et de compassion… Qui est cette nana, au juste ? On dirait un ange en mission sur terre. Elle est… flamboyante.

- Hey, salut Romy ! ...T'es à couper le souffle... J'allais me doucher avant de bouffer un cadavre, et avant qu'il m'explose au visage... Euh... câl... Je suis désolé, mais t'es beaucoup trop belle pour un endroit pareil, tu me déstabilise, je suis pas capable d'aligner deux mots... On dirait une éclipse... Un cadavre m'a explosé au visage et je dois me dépêcher, héhé. Toi ? Travailles-tu ce soir pour servir les repas ?

- Hahahaha !! Merci... t'es gentil. Non, je tiens le bar lorsque le souper est terminé. Vas-tu venir me voir après le lunch ?

Oh oui. J'vais venir de toutes les façons possibles, en marchant, en sautillant, en jouant au ping pong avec un champion chinois en plein tournoi s'il le faut. Mais aussi, en te baisant, si qui que ce soit peut me le permettre. T'as même pas idée...

- Certainement que j'irai te voir. Ce sera mon premier arrêt après avoir avalé ma dernière bouchée.
- Ce que t'es *sweet*, merci Gérald, à plus tard !
- Bye-bye Romy.

Dieu d'hostie de ciboire.

*

Bon, une bonne affaire de faite. Direction, à la bouffe ! J'espère que les cuisiniers ont plus de talent que mes deux imbéciles de patrons.

- T'in ! V'là le tueur qui revient…
- J'te retourne le compliment, Pat. Merci de m'avoir attendu mon chum, as-tu vu Charlotte quelque part ?
- Qu'est-ce que j'vous ai dit au sujet de Charlotte, les mecs ? Pas touche ! Mettez votre bite à "*off*".

On se croirait à la garderie tabarnac… Qu'est-ce qu'elle a à vouloir la protéger comme ça, elle ? Hostie qu'elle m'énerve, elle doit en abuser de Charlotte cette crisse de folle là.

- C'est la fille d'une amie qui m'est très proche Gérald…
- Ben oui, c'est ça…
- T'as des amis, Anaïs ? Wow ! Ça me surprend, avec ton caractère de marde de dominatrice huilée comme *Xena, la guerrière*. Les as-tu forcés à ce qu'ils deviennent tes

amis ? Étaient-ils sous la menace d'une arme ? Hahahaha !!

- Va niquer ta race Marcel, espèce de connard de merde ! J'vais te foutre mon pied au cul tellement fort que dès que tu vas tirer le bout de la langue, tu verras le bout de ma godasse, foutu couillon à la noix ! Je t'emmerde, ainsi que tous ceux qui te ressemblent, de près ou de loin.

- Hahaha ! Arrête Anaïs ! Tu vas me faire pisser dans mes culottes !! Hahaha ! C'était juste une joke, voyons !

Quelle puissante personnalité… Elle réagit pas, elle explose, calvaire. Et, fait à noter, ne PAS se foutre de sa gueule.

Ils sont qui au juste câlice… Des extra-terrestres ? Est-ce que j'ai affaire à *E.T* et *Leeloo* du Cinquième Élément, hostie ?

Je commence à penser que Pat et moi travaillons pour une race supérieure d'aliens. À un moment donné, va falloir que quelqu'un fasse quelque chose. Autrement, cette compagnie au nom miteux et sans grande créativité continuera à tuer des gens innocents. Faudrait que je commence par moi d'ailleurs…

- J'peux savoir c'qu'on peut manger ? J'peux-tu avoir des frites ? En avez-vous ? Vous allez pas nous imposer de manger quekchose qui nous tente pas hein ?
- Vous pouvez commander ce que vous voulez, il n'y a aucune exception, même si vous aviez envie d'une copie conforme d'un repas d'Obélix, nous le ferions.

Woah, les nerfs. Pousse, mais pousse égal, champion.

- Le repas des titans dans les douze travaux d'Astérix ? Haha ! Ça m'étonnerait en tabarnac…
- Hahaha ! Bon, je vois qu'il y a tout de même des limites…
- En effet Marcel. Et pendant qu'on attend que notre serveuse intouchable arrive, parles-moi donc de toi un peu monsieur le chef liquidateur… Tu faisais quoi avant ? J'ose croire que t'as pas géré une entreprise d'assassins toute ta vie, t'as l'air tout jeune en plus, quel âge t'as ?

Ciboire, Pat déteint sur moi…

- C'est très personnel ça, Gérald.
- Crisse, t'as ben vu nos curricouloumes

vidés, toé Marcel !

- Merci Pat, mais j'sais argumenter tout seul. Pis, dis donc juste CV au lieu de celui que t'as choisi, ça va te faciliter la vie.

- Bon, d'accord, d'accord... J'étais infirmier, il n'y a pas si longtemps... Mais vous devez connaître ça un minimum j'imagine... des heures de fou, pas de temps pour rien, pas de vie, pas de bonheur. Le domaine médical, si vous voulez un tantinet soit peu de vie sociale, ou même d'un hobby quelconque, bien je vous suggère fortement de reconsidérer. C'est ce que j'ai fait, en gros. Je viens d'une famille de riche, du côté paternel. Mon père était un... je vous épargne les détails plates. Bref, je me suis procuré beaucoup de matériel et d'armes avec l'héritage suite à son décès. Tout est dans cette cathédrale... toute ma vie. Je suis allé chercher Anaïs, que je connais depuis cette journée morbide, à l'hôpital...

- Je crois que t'en as assez dit mon chou. Pas besoin de plus de détails. Ça te va comme ça *Columbo* ?

Ouin... Mettons...

- Bonsoir à tous, vous allez bien ce soir ? Je vous apporte à boire avant de manger ?

- Salut Charlotte, deux verres et une bouteille de rouge pour Anaïs et moi, rien de moins qu'un Château Lafite Rothschild 1982 s'il te plait, pour les gars ?
- Gerry, c'est qui *Colombo* ?
- Un détective de série télé, avec l'imperméable beige là... crisse, tout le monde le connait ciboire...
- De quoi l'imperméable ? Le détective ?
- Laisse donc faire tabarnac !
- Ah ok, s'cuse moi, *man*, j'suis perdu en câlice avec le bat qu'on vient de se griller.
- Pas grave. Bonsoir Charlotte. Je prendrais bien une bière froide s'il te plait, une Sapporo ? Avez-vous ça ? Sinon, juste une bonne blonde, glacée.
- Bien sûr ! Et pour votre copain ? À moins qu'il soit en mesure de me répondre cette fois ?

Souris pas de même en plus, bonté divine du saint-crisse d'hostie.

- Apporte-lui la même chose que moi, j'pense qu'il boit toujours ce qu'il a sous la main de toute façon. Au pire, pour tester, apporte-lui un verre de *windex*, sec, juste pour voir s'il va réagir ! Hahaha !!
- Je ne peux pas faire ça Gérald, s'il

fallait par malheur qu'il le boive justement, j'aurais sa mort sur la conscience pour le reste de ma vie. Et ça serait vraiment une gaffe stupide, vous ne croyez pas ?

Le sarcasme lui a passé dix pieds par-dessus la tête... Jolies les filles ici, mais y'a qu'une cellule qui tourne de temps en temps...

- Ben non, Charlotte, je blaguais...
- Oh, je suis désolée alors. Je reviens avec vos breuvages, à tout de suite.
- Sois pas désolée pour ça, voyons.

Ouf, j'ai vu du feu dans ses yeux... C'est peut-être moi mais elle a pas l'air heureuse la cocotte... J'pense que le ménage à faire ici est beaucoup plus grand que je croyais.

- Et toi, Anaïs ? As-tu quelque chose d'intéressant à nous raconter ?
- Que dalle. Et puis, Marcel vous en a assez raconté.
- Je parle pas de Marcel, mais de toi, Anaïs... T'as pas grandi dans ses culottes hostie ! Tsé, vous nous invitez à votre table, faudrait que vous vous attendiez à ce qu'on

pose des questions. Si vous vouliez rien dire, z'aviez juste à nous dire de nous asseoir ailleurs câlice !

Hostie que j'en ai plein le cul là… je peux-tu m'en aller tabarnac ?

- J'ai aussi le droit de vouloir être plus discrète, Gérald.
- Arrête avec ta discrétion ciboire, tu nous parles comme si on était des gens que tu connais depuis toujours. T'arrêtes pas de me faire du rentre dedans depuis qu'on s'est rencontrés aussi. Faque lâche-moi avec ta discrétion, tabarnac.
- Allez-y mollo Gérald. Nous sommes quand même vos employeurs.
- Haha ! Mes employeurs… Je t'emmerde Marcel. Je suis pas un commis du *Couche-Tard,* j'suis un assassin maintenant, grâce à toi, faque tes menaces de cour d'école, tu peux te les…
- Heille !! Ça va faire là câlice ! Vos yeules crisse ! Arrêtez-donc de vous ostiner calvaire ! On dirait que je soupe avec ma famille !

Oh ciboire… Pat qui se dévergonde… mais y'a pas tort le bougre, faut que j'arrête, sinon j'aurai pas le temps de réaliser mon plan...

- Ouin, j'suis désolé, je m'excuse mon chum, j'ai pété une *fuse.*

Gang de prudes du câlice...

- Anaïs et moi sommes désolés également, il n'y a que de très fortes personnalités à cette table, et avec ce qui se passe sur ce domaine, c'est normal qu'il y ait de l'animosité dans l'air... Alors, désolé encore. Nous sommes presque aussi nouveaux que vous deux dans le domaine, il y aura toujours des ajustements à faire de temps à autre.

Belle reprise le Marcel. N'empêche que...

- Yes la bouffe s'en vient !
- Charlotte ou les assiettes ? Hahaha ! Crisse Pat, on a même pas commandé à manger encore...
- Ne réponds pas à cette question si tu tiens à tes couilles Pat...
- Hahaha !

Anaïs regarde Charlotte arriver comme si elle la possédait. C'est tellement évident que quelque chose cloche. Elle devrait être plus discrète la cocotte française.

- Voilà vos breuvages, j'espère que vous apprécierez, *cheers*, messieurs.

Je sais pas si elle a fait exprès de juste dire "messieurs". *Weird*…

- Allez ! Buvons ! Une longue nuit se prépare… À votre santé. Anaïs, au succès de notre entreprise de nettoyage.

Pourquoi il mime "nettoyage" avec ses doigts ? Il tente de se convaincre qu'il fait le bien ? Qu'il nettoie la planète de gens qui le méritent. C'est lui qui…

- Vous êtes prêts à commander ?
- Anaïs, t'as envie de sushis ? Ça serait parfait avec un Muscadet blanc.
- Ouais, ça me va.
- D'accord, et pour vous ?
- Euh… j'vais prendre un filet de porc avec des patates. Crissez-vous d'la sauce là-dessus ?
- Bien sûr que si. Quel type de sauce

aimerais-tu mon cher ? Miel et ail ? Sud-ouest, Sucrée-salée… ?

- Trop de choux, c'est comme pas évident… Sucrée et salée s'il te plait.

- Haha ! Parfait, et pour toi, Gérald ?

- Pat… tu fais dur… Un steak, le plus gros que vous avez, avec des fèves vertes. Et du poivre s'il te plait !

- Pommes de terre frites ou en purée ?

- En purée ! Avec un coulis de sauce brune si possible. Merci !

- Parfait. Je reviens très bientôt.

- Pourquoi je fais dur Gerry ?

- Trop de choix, c'est comme pas assez.

- Hein ? Pourquoi tu dis ça ?

- Haha… laisse faire pis bois ta bière mon énergumène préféré.

- Ah, ok *man*. T'es un *fucké* mon Gerry…

J'espère que la bouffe sera moins sèche que ce matin… J'avais l'impression de manger du sable.

Je vais tenter de me renseigner un peu plus à propos de leur "nouvelle" entreprise, tant qu'à les avoir devant moi.

- Si je comprends bien, nous, on est les

prototypes ? C'est votre premier *kidnapping* de masse, hein ? Vous n'avez jamais tué personne avant maintenant n'est-ce pas ? Je gage même que toi, Marcel, et peut-être aussi la névrosée assise à côté de toi, n'avez jamais liquidé personne.

- Va niq...

- Laisse-moi terminer Anaïs, on va mettre quelque chose au clair, là.

- *Shit*, Gerry, calme-toé *man*...

- Ça va Pat. J'en ai juste plein le cul d'avoir l'impression de travailler pour des péquenots. Ils passent leur temps à vouloir s'arracher la tête, ils n'ont pas l'air de s'entendre sur grand-chose, et en plus, ils sont aussi nouveaux que nous dans le domaine. Ça sent la recrue, le pipi câlice ! Au fond, vous avez juste récolté un beau magot, et vous vous êtes dit que ça serait une belle opportunité pour commencer à tuer des gens...

- Il y a un brin de vérité dans ce que vous dites Gérald, mais, qu'est-ce que ça peut bien vous faire, ce que je fais de MON héritage ? Ce n'est pas de vos affaires. Je vous rappelle que nous vous avons engagé pour ce travail... Je crois qu'on mérite un minimum de respect en tant que supérieurs hiérarchiques.

- Hahahaha ! Qu'est-ce qu'il faut pas

entendre ! Arrête Marcel, tu vas me faire brailler. Tu réalises pas à quel point j'en ai rien à câlisser de ce que tu penses ? Regarde, je vais me contenter de finir mon job ici, pis on se reverra jamais plus, ok ? Vous vous trouverez un autre Bozo pour vos prochaines vacances. ON TUE DES INNOCENTS TABARNAC !!

    J'espère avoir été clair. Vous devriez voir la façon qu'il me regarde... La bombe française me *pitch* aussi des œillades, mais elles sont lascives celles-là, enivrantes même.

    - À chacun son *hobby* mon cher... Mais vous devriez quand même faire attention à ce que vous dites Gérald, vous pourriez avoir de gros problèmes. Nous ne sommes pas complètement seuls, vous savez...
    - 'Tention Gerry *man*, tu vas t'mettre les clés dans le tas ! Relaxe l'gros. Laisse donc faire ça là...

    Ah, ce bon vieux... ben nouveau chum... toujours le mot pour me faire rire. Mais il a encore raison, il faut que je me calme. C'est pas mieux s'ils me foutent dehors, ou qu'ils me tuent.

    - Ok, c'est bon, je me la ferme.

- Parlons plutôt d'autres trucs, d'accord ? Pour ma part, j'adore le dessin et le sexe. Les plats français et la musique pop.

Tiens tiens, la pétoche partage ses intérêts...

Moi ce que j'aimerais, ça serait de crisser mon camp d'ici.

- Le sexe, c'est écrit dans ta face cocotte. La musique pop, Anaïs ? Vraiment ? Genre, qui ?
- Genre, le populaire quoi ! Y'a un peu de tout dans la pop. J'aime bien Jennifer Lopez, Shakira, Rihanna... Mais mon péché mignon reste cet enfoiré de Stromae.
- Stromaille ? D'où ça sort ça tabarnac ? C't'un groupe français ? Ça sonne plutôt comme un plat... genre une soupe aux boulettes. Le *dude* y rentre au resto pis y dit au serveur - Heille ! Apporte-moi une stromaille ! Hahahaha !!
- Ce que t'es con. Hahaha !
- Hahahaha !! Hostie de malade, c'est un chanteur belge Pat. T'as jamais entendu *Papaoutai* ? *Alors on danse* ?
- Pantoute ! *Sorry* gang. Moé, j'aime le métal. Juste ça. Pis j'peux endurer du Bon Jovi

de temps en temps.

- Toi Marcel ? As-tu le droit de nous jaser de ça, ou ça aussi, c'est pas de nos affaires ?

- Gerry *man*, ta yeule, recommence pas câlice…

- C'est pas très original, mais je dirais Les Beatles.

Bravooo Marcel…

- Ok, reste-moi. Honnêtement, je sais pas. Je suis un mélomane je pense. J'aime de tout. À part le disco, le hip hop, le rap, le pop et l'opéra. Hahaha ! Non, je niaise, mais pas tant. Je préfère le rock, mais je suis capable d'avoir du fun avec pas mal n'importe quoi. J'ai même des passes ou j'écoute de la musique classique, j'aime ben Adele aussi….

Hello from the other side, I must've called a thousand times, to tell you I'm sorry…

La poulette triste arrive enfin avec nos plats… Ça me surprendra toujours la force que ces filles-là peuvent avoir, à les regarder transporter des assiettes pleines à rebord, deux dans chaque main, parfois trois, les doigts dans l'nez. Tout ça en affichant quatre-vingt-douze livres toute mouillée sur la balance. Bon bon, ok, cent huit.

- Rebonsoir, j'espère que vous allez vous régaler, bon appétit.
- Oh, mais on se régale déj…
- Gérald, j'vais te foutre une baffe.
- Ça sent bon sur un esti de temps. Mon ventre va finalement pouvoir s'la fermer. Crisse, l'entendez-vous ? Aaarrrggghhh !!! Rrr Aaaaaaa !!
- C'est bon Pat, on a saisi. Bon appétit tout le monde.

On va pouvoir se taire le temps qu'on mange au moins, sinon, j'étais sur le bord de lui câlisser mon poing dans face à c'te mange-marde là. Avec sa p'tite crisse de face de prétentieux de câlice.

*

Ce fut un repas plus agréable que j'escomptais. La suite s'est bien déroulée, sans que personne ne veuille faire exploser la tronche de l'autre. Encore une fois, une maudite chance que Pat est ici, sinon, je répondrais pas de moi. J'aurais pété un *gasket* ben avant.

J'ai hâte de sortir de table, j'ai besoin de jaser avec mon chum seul à seul.

- Bon ben, c'était ben cool manger mais là, faut que j'me rattrape. On peut aller à la salle se choisir une arme là ?

Belle façon de dire que t'en a plein le cul de voir leur face, hahaha !

- Bien entendu, je comprends, haha ! Allons-y. Gérald, tu viens tout de suite ?
- Oui. Ça me tente pas de tourner en rond à attendre que le temps passe.
- Excellent !

*

- Messieurs, on commence par qui ? Pat ?
- Huh? Ouais, c'est moé qui *start*, Gerry en a une d'avance, y peut ben relaxer pis attendre. Y faut que j'me dépêche à trouver ma proie en plus… Pis pas de gossage avec l'arme, tu vas me donner une épée, un katana.
- Oh, il sait ce qu'il veut pour une fois monsieur Patrick.
- Appelle-moi pas de même Anaïs, mon

nom c'est Pat, pas Patrick.

   - J'suis désolée. Je croyais que c'était dérivé de ce nom.

   - Peut-être, mais j'suis pas capable. C'est le "trick" qui me gosse... Bon, la carte asteure.

   - Voilà ! C'est du rapide ! Pige !

Pat est sur le gros nerf, hahaha !

   - Le valet de trèfle ! Ohhh ! Quelle surprise ! Hahahah !

   - Pourquoi ? Quelle surprise ? Encore un baquet ? C'est ça ?

   - Beaucoup plus compliqué que ça mon cher Pat. Ce mec, il dépasse les deux mètres. Six pieds, cinq pouces, deux cent soixante-sept livres. Un ancien culturiste. Un des deux balèzes sur le site. Il a un tatouage en forme de crâne sur la tête, un vrai malade !

   - M'en câlice.

   - Une crisse de chance que t'as choisi une arme appropriée cette fois-ci !

   - M'en va lui couper la tête à ce ciboire là, check moé ben aller !

Je pense que je vais au moins attendre que mon copain trouve sa proie avant d'aller piger une nouvelle carte... Et je veux lui jaser avant toute chose.

    - Gérald ?
    - Je vais patienter un peu… prendre le temps de digérer, je suis pas pressé.
    - D'accord.
    - Bon ben moé, j'décrisse ! À tantôt Gerry.
    - Attends, je vais marcher un peu avec toi.

    C'est le temps…

    - J'ai pensé à quelque chose, dis-moi ce que t'en penses ok ? Tu penses quoi de nos deux "employeurs" ? T'as pas envie de les liquider eux-aussi, pis partir avec le *cash* ? Tsé, c'est ben beau de se faire de l'argent, mais à quel prix ? On tue des innocents Pat. Ça n'a pas de sens ! Sais-tu ce que j'ai envie de faire, moi ?
    - Je commence à m'en douter là… Mais crisse, t'es malade Gerry ! Comment tu penses pouvoir faire ça ? On sait pas combien ils sont, ni sont ou les *guns*. Je comprends ton point pis j'ai ben envie de faire comme tu dis, mais faudrait pas qu'on manque notre coup *man*…

    Oh, même pas eu à lui expliquer mon

plan...

    - Je devrais te dire de laisser faire avec ton monsieur muscle, mais ça aurait l'air trop *stagé*. Au pire, ça fera juste un *douchebag* de moins sur la planète. C'est le dernier qu'on tue Pat. Après, je vais m'occuper personnellement d'Anaïs et de Marcel.

    - Tu iras pas te chercher une nouvelle carte ?

    - Pas tout de suite, faut que je pense à tout ça. Je peux pas rester ici à tuer des gens qui ne le méritent pas, Pat. Ça marche pas. Ma conscience ne me l'autorise pas.

    - C'est sur *man*, j'suis avec toé en tk, ok ? Inquiète-toé pas, j'te laisserai pas tomber...

    - Merci de vouloir faire ça avec moi, t'es vraiment un bon chum ! Pis crisse, on partira ensemble si ça te tente.

    - C'est parfait l'gros.

    - *Go*. Je vais te suivre en douce. Si t'as des problèmes avec le sasquatch, je vais être là pour te donner un coup de main.

    - Pas sûr qu'on aille le droit, *man*.

    - Je m'en câlice Pat. Je suis convaincu qu'il n'y a pas de caméras en plus...

    - Pourquoi tu dis ça ? Quoique ça se peut, moé non plus j'en ai pas vu.

- J'ai un drôle de *feeling,* je sais pas… En tk, pars, je vais décoller quand je te verrai presque plus.

- Ok Gerry, merci *big*.

- Quand on en aura terminé avec Hercules, tu iras m'attendre dans ta chambre, c'est bon ? Comme je t'ai déjà dit, je tiens à m'occuper de ces deux-là tout seul.

- C'est good *man*… Hercules… hahaha.

*

Il ne devrait pas avoir trop de misère à trouver un gars de ce gabarit là… Je crois même que je le vois, près des balançoires. Il est seul en plus… Pat l'a déjà *spotté*, je le vois sortir le katana de son étui… Je pense qu'il perdra pas de temps à essayer de lui jaser…

Le *building* l'a vu aussi…

- Je peux t'aider mon champion ? Qu'est-ce que tu crisses avec un sabre ? Qu'est-ce que tu veux ? Qui t'es ?

Un peu plus pis le gros méchant monsieur se met à crier comme une p'tite fille.

- Si t'essayes de me...

Aucun mot prononcé de la part de mon copain, je ne vois pas ses yeux ni son regard, parce qu'il est dos à moi, mais je vois dans sa démarche que le *dude* est dans la merde jusqu'au cou. Il s'en sortira pas... Pat se place, il tient son épée à deux mains, prend une position défensive... et attend.

- J'm'excuse, *man*...

Le grand colosse s'avance, les poings levés, (face à une épée, hostie de jambon) prêt à en découdre avec lui. Évidemment, il n'a pas le temps de s'avancer d'un mètre que mon nouvel ami lui envoie son katana scintillant juste dessous la mâchoire. Il n'y eut aucun bruit, autre que le *zwit* caractéristique d'une lame tranchante accomplissant sa mortelle tâche.

Vous imaginez la scène n'est-ce pas ? La coupe parfaite. Un vrai samouraï. Plutôt le boucher du IGA, mais bon, passons. La tête qui rebondit et roule sur quelques mètres. Le tronc sans caboche, tenant encore sur ses genoux durant quelques secondes, les bras ballants, laissant sortir une gerbe de sang à chaque battement de cœur. Monsieur Univers a perdu son titre...

Il replace son arme dans son étui tel un ninja... ben, du moins il essaie...

- Gerry !? T'es tu là, *man* ?
- Je suis juste ici. T'as fait ça comme un crisse de pro.
- Merci *big*. Qu'est-ce t'en penses, si j'y câlice un coup de pied ? Juste pour le fun... Pour voir quelle distance ça peut faire une tête kickée...
- Hahaha ! Niaise pas hostie, s'il fallait que quelqu'un tombe dessus...
- Ouin... c'est vrai, y sauront pas où donner de la tête... Faut qu'y gardent la tête froide... Faut pas qu'y se jettent tête baissée...
- Haha ! Ok Pat, ça va être bon... Pis comment ça se fait que tout d'un coup, tu connais les expressions toi ?
- Y'a des livres, plein à remords dans la bibliothèque ici. J'en ai feuilleté quek-uns.
- Plein à rebord. Il me semblait aussi que ça marchait pas ton affaire... Laisse la tête où elle est, pis viens t'en.

Pendant que mon chum cherchait "monsieur Olympia", j'ai eu la chance inouïe de tomber sur une conversation entre deux employés que j'avais jamais vu avant. Ça devait être des gardes... Aucun des deux ne portait d'arme, ils jasaient tout bonnement de tout et de rien. Jusqu'à ce qu'un des deux dise à l'autre : Heille mec, tu me remplace à soir ? Je passe la nuit avec Amélie. Et l'autre a répondu : Crisse, Louis, on est juste deux gardes à temps plein sur le site. Si y'arrive quelque chose pis qu'on est pas à notre poste, ben on va être dans marde en esti. Pis l'autre a répondu : Ah *come on,* juste aujourd'hui, pis personne va s'en rendre compte. Y'a pas de danger icitte, juste une gang de vacanciers qui relaxent.

*

Ces enfoirés nous verront jamais venir, tabarnac.

- Je suis ben content que tu sois là-dedans avec moi Pat. Tu vas voir, y'ont fini de rire de nous.
- Haha ! Yes ! On va leur en faire boire de toutes les saveurs, à ces crisses-là !
- Hahaha ! Hostie que j't'aime toi ! Hahaha !
- *Fuck...* Ben moé aussi *man...*

- Bon, voilà comment je vois ça.

Je lui raconte la façon dont je veux m'occuper des deux têtes de jambon de gardes, du fait que j'ai toujours en ma possession la hache de guerre (Ils ont jamais pensé à me la demander quand je suis revenu à la salle d'arme) et que je compte m'en servir pour anéantir les deux agents de sécurité, si on peut qualifier de ce titre, deux jeunes blancs-becs imberbes et aussi fragiles qu'un château de cartes. Sauf que je sais pas où ils cachent leur uzis[5]... Mais je les trouverai bien, une fois ma tâche accomplie.

- C'est des apprentis Gerry, y passent leur temps à gaffer. Pis je trouve ça bizarre d'être incompétent dans ce domaine-là. Crisse *man*... Une organisation d'assassins gérée par des enfants de chienne qui se chicanent comme des *kids* devant leur parents.
- Ouin, t'as pas tort. Mais il disait vrai, le *fucké* de Marcel, ils nous font entièrement confiance... un peu trop même, et c'est ce qui les conduira à leur perte. Ils ne débarrassent

---

[5] L'Uzi est un pistolet-mitrailleur semi-automatique développé en Israël par l'ingénieur en armement Uziel Gal à partir de 1948 et fabriqué par l'entreprise de défense Israel Military Industries.

pas la planète de criminels ou de violeurs d'enfants tabarnac, ils sélectionnent des innocents ! Grâce à un concours sur le crisse d'internet. Ça me dépasse mon chum. J'suis plus capable… Je pense que la dernière, Blanche, m'a sciée les deux jambes… Son regard, Pat… j'y pense tout le temps.
 - *Shit, man…*

En y songeant pas très longtemps, j'ai failli ne pas le faire. Durant ces longues secondes, j'ai eu pitié. Son visage… Ses yeux m'imploraient de ne pas la tuer. Ils étaient humides d'émotion, de peur et d'absolution.

 - Ça va, je suis pas seul, t'es là avec moi.
 - Toujours, *man*. Bon, j'm'en va dans ma chambre une couple d'heures comme tu m'as demandé. Mais fais pas le cave là mon esti. Pas envie que tu crèves parce que t'es trop métérère.
 - Hahahahah !! Jamais hostie ! J'te laisserai pas seul avec les filles mon malade, pis tes expressions de tout-croche me manqueraient ben trop ! Hahahaha ! C'est téméraire en passant… t'étais pas loin !
 - Hahahahaha ! Ok mon Gerry, je t'attends, grouille-toé mais fais attention !

- Oui maman.

*

Ça y est, huit heures et demie.

C'est l'heure de la mort, pour ces êtres odieux... Dont je fais maintenant partie... Mais j'y travaille là, calice ! Héhé... Je m'excuse, j'ai eu un petit écart...

N'empêche que je me dirige vers la cathédrale, à la presque pleine noirceur. En forêt, fais toujours noir plus vite, j'invente rien. J'entends la musique au deuxième, je pense pas qu'il reste des gens dehors... Je vérifie si j'ai toujours ma hache bien en place dans son fourreau. J'adore tenir cette arme redoutable entre mes mains, mais j'aimerais être capable de la lancer aussi, au lieu de devoir m'approcher pour en finir avec mon ennemi. Ennemi, hahaha ! J'en ai pas, mais pour aujourd'hui, j'ai pas ben ben le choix, je pourrai pas sortir d'ici si j'élimine pas les têtes dirigeantes...

Vous vous demandez sûrement pourquoi j'ai demandé à Pat de rester dans sa chambre, hein ? À vrai dire, c'est parce que je l'aime ben et je veux pas qu'il se fasse tuer. Parce que c'est quand même un putain d'imbécile heureux, et il risque de foutre la merde. J'aime mieux le faire moi-même, tant qu'avoir à lui expliquer tout ça, en détail. J'ai laissé un mot sur sa table de nuit.

Salut chum,

Je te demande juste un truc. Regarde sous ton oreiller, j'ai placé un walkie-talkie. Je les ai trouvé en cherchant plus tôt...
J'ai mis le volume de l'appareil à 1. Change le pas, monte pas le son ! Je t'appelle juste si j'ai un problème. Il faut seulement que tu te promènes un peu partout, sans attirer l'attention sur toi, et que tu surveilles les allées et venues de nos deux mongols. Je m'occupe du reste.

Je te promets que moi, le ménage, je vais le faire !
Vas pas trop loin.

Gerry

P.S. Au pire, en te promenant, si tu vois Charlotte, essaie de savoir ce qu'elle a. Elle a pas l'air de filer, de pas avoir envie d'être là, avec Anaïs... C'est weird mon chum. Check ça si t'es capable.

8. La chasse aux employés, et aux uzis…

Enfin la nuit. L'heure de tout prendre est maintenant arrivée.

Ils ne me verront jamais venir…

Ils ne peuvent pas se douter de mon plan. Impossible.

Par contre, ça m'inquiète quand même un peu…

Si seulement je pouvais savoir où ils sont. Ou juste une petite idée… Je devrais commencer par Anaïs et Marcel ou les deux gardiens ? Je sais aussi qu'ils ont une équipe de nettoyage, mais eux ne me stressent pas, je vais les laisser tranquille…

Si je suis logique, Anaïs ne passe pas son temps avec Marcel, ils doivent passer la soirée chacun de leur bord, peut-être même sans s'adresser la parole durant des heures.

Qu'est-ce que t'es en train de faire

Gérald… Vas-tu vraiment faire ce que je crois ? T'aurais pas pu y penser avant de me m'achever ? Hihi…

- Qui est là ?

Voyons hostie… Je suis pas fou tabarnac, j'ai entendu quelqu'un me parler… Et je mettrais ma main au feu que c'était Blanche…

- B… Blanche ? C'est vous ?

D'après toi ? As-tu l'habitude de jaser avec les morts ?

- …

J'ai pas eu le temps de discuter avec toi plus tôt, tu m'as abattue trop rapidement.

- Hostie de câlice… madame… Je suis désolé… Ça peut pas être vrai certain tout ça…

T'en fait pas pour ça, je suis pas ici pour te hanter, ni pour te faire du mal.

Tu sais, je t'ai beaucoup observé depuis

que tu m'as... en tout cas. Je vois bien que tu ne détestes pas ton nouvel "emploi". Cependant, je crois pas que tu sois un vrai meurtrier. T'as juste besoin d'argent. Et tu te sens un minimum protégé, je peux comprendre ça.

Je suis au courant aussi que t'as laissé ton nouveau copain Pat dans sa chambre pour ne pas qu'il lui arrive du mal, même si tu affirmes le contraire...T'as un cœur, t'es loin d'être un assassin. Je le sens... et ton aura dégage une lueur bleutée, t'as pas de haine envers la vie, Gérald, mais plutôt contre ces gens qui les détruisent, sans considération pour autrui. De ces personnes, qui blessent les autres pour leur gain personnel. Ton âme est pure mon cher. Plus que tu ne le penses.

- Vous n'êtes pas fâchée ? Je m'en veux vous savez, je croyais pouvoir passer par-dessus, mais c'est *rough* en crisse.

Je peux pas croire que j'suis en train de papoter avec un spectre...

- Je sais pas par où commencer... J'imagine qu'ils doivent être au bar ou dans leur chambre mais comment en être certain, hostie !? J'ai pas envie de me faire poivrer comme un steak parce que je n'ai pas été assez prudent.

Moi, je sais où ils sont. Je peux t'aider si tu veux. Je suis encore ici avec toi, j'imagine que tu peux te servir de mon aide jusqu'à temps que je disparaisse définitivement.

Et non, je ne suis pas fâchée… Ce n'est pas comme si on me retirait le droit de voir mes copines, Je suis âgée Gérald, mes meilleures années sont déjà derrière moi. Et puis tu me rappelles mon fils, André.

- Est-ce qu'il est…

Non, il est bien vivant. Il habite Repentigny. Il est thanatologue.

En quoi je lui rappelle son fils ciboire ? J'suis juste un clown manqué.

- J'suis rien à côté de votre fils, Blanche. J'en mène pas large ces temps-ci et je cherche à faire du *cash* de n'importe quelle façon. Plutôt pathétique si vous voulez mon avis… z'avez juste à regarder ce que je vous ai fait subir bout d'crisse…

Ne sois pas si dur avec toi-même, Gérald. Je n'ai pas souffert une seconde. Et je sais tout ce qu'il y a à savoir à propos de ton ancienne vie, de tes premiers pas, ton parcours scolaire, de ton job au dépanneur quand tu n'étais qu'un jeune homme, jusqu'à ton divorce avec Isabelle.

Tu ne l'as pas eu facile, toi non plus. C'est pas évident de tenter de rendre une personne heureuse, surtout lorsque celle-ci n'en a pas envie en retour. T'as l'impression de travailler pour rien... Je crois que cette femme-là ne t'a jamais aimé, tant qu'à y aller dans l'honnêteté.

- Comment en savez-vous autant sur ma vie ? Y'a des limites à être forte en ésotérisme, hostie... Vous avez l'air de me connaître personnellement, pas seulement qu'avec vos pouvoirs médiumniques...

... J'étais la demoiselle d'honneur au mariage de tes parents Gérald...

Saint-crisse de câlice...

Je t'ai pratiquement élevé moi-même.

Je me suis occupée de toi bien avant d'avoir mon fils André.

- ET VOUS M'AVEZ LAISSÉ VOUS TUER COMME UN SAUVAGE DU CÂLICE ?!?

Pas si fort !!! Tu réalises que tu parles à un fantôme ? Les gens vont se poser des questions s'ils t'entendent…

Je voulais t'en parler dès que je t'ai vu à la recherche de ta proie, mais je n'en étais incapable. Tout s'est déroulé trop vite par la suite.

- Et pourquoi vous vous êtes occupée de moi ? Mes parents étaient où ? Ce bout-là de ma vie… je l'ai perdu. J'sais rien de mes hosties de géniteurs, ni qui ils étaient, ni ce qu'ils sont devenus. J'ai jamais su ce qui était arrivé, j'étais trop jeune j'imagine. Et même plus tard, quand j'aurais pu comprendre un peu mieux, j'ose croire que le temps avait fait son travail pour effacer ces souvenirs-là de ma mémoire.

Je te gardais déjà plus souvent qu'à mon tour, même lorsque tu n'était âgé que de quelques mois. Ton père passait son temps aux courses...

- Les courses ? De quelles genres de courses parlez-vous ?

Les chevaux... Et ça c'est quand il ne pouvait se permettre d'aller au casino. Bref, s'il avait pu parier sa mère, il l'aurait fait. Je m'excuse d'avance pour ce qui va suivre...

Ton père...

- Vous savez que je connais même pas leurs noms, tabarnac ? J'suis dans le néant juste un peu, vous pensez ?

Il s'appelait Fernand. Mais tout le monde l'appelait Fern. Ben tout le monde... plutôt les gens à qui il devait de l'argent. À vrai dire, tes parents étaient déjà dans la merde jusqu'au cou quand je les ai rencontrés. Je crois que la seule personne à qui ils ne devaient rien était Dieu le père... et encore là, je pourrais me tromper.

Un de ces matins, il sortit de l'appartement, ta mère dormait encore, et se rendit à l'Hippodrome... Il n'est jamais revenu. Un groupe de jeunes adolescents qui tuaient le temps dans un parc de ferraille à voitures a découvert des taches de sang et quelques traînées gluantes se faufilant hors d'une auto compactée, comme un cube rubik. Ils ont placé ça dans la colonne des règlements de comptes en deux temps trois mouvements. C'était plusieurs semaines après sa disparition.

- Câlice... Je vous remercie pour les détails...

Je suis sincèrement désolée mon cher Gérald, mais il fallait bien que tu l'apprennes un jour ou l'autre.

- Ma mère, elle ? Elle est morte comment ? Une autre dette de jeu impayée ? La drogue ?

En plein dans le mille Gérald... Une overdose... Marie est décédée trois mois après la découverte du cadavre de ton père. Sa mort l'a jetée par terre, elle n'était plus l'ombre d'elle-même par la suite. Elle était devenue agressive, méchante et violente, il fallait que tu sortes de là le plus rapidement possible. Je suis entrée chez-elle un après-midi, parce que tu hurlais à mort depuis au moins quarante-cinq minutes. La porte de devant était barrée à double tour. J'ai fait le tour par derrière, j'ai grimpé les quatre étages d'escalier en fer forgé rouillé et tremblant, et je suis entrée, celle-ci était grande ouverte…

La salle de bain… Un fond de musique classique en sourdine… La porte des toilettes est fermée. Un liquide carmin mélangé à de l'eau s'échappe par l'ouverture du bas… Je crie… Je tente de l'ouvrir, la poignée ne bouge pas… Je suis frêle, mais j'y vais quand même d'un solide coup d'épaule… La porte cède… Marie me dévisage de ses yeux morts. Son visage est crayeux, vide de vie. La baignoire est remplie d'eau froide teintée de rouge à rebord, l'excédent se déverse au sol, et semble fuir, le plus loin possible, cette scène atroce.

- Vous me racontez la scène comme si vous y étiez encore, Blanche… Vous pouvez pas me cacher que vous êtes encore crissement traumatisé. J'suis tellement désolé… Hostie que je m'en veux, vous pouvez pas savoir… Si je pouvais seulement…

Cesse de vivre dans le passé, Gérald. On a assez discuté pour le moment. Je pense qu'on peut maintenant se faire confiance, et sortir d'ici. Je crois que tu devrais t'occuper des deux gardiens de sécurité avant nos deux zigotos. L'un des deux est de garde pendant que l'autre… Tu sais que tu pourrais seulement quitter l'endroit aussi ? Tu n'as pas à tuer personne d'autre…

- Je sais… mais je dois le faire, je sais pas pourquoi. Et j'ai entendu les gardes jaser en me promenant tantôt justement.

Bien, alors c'est maintenant que tu dois y aller, un de ces deux-là est occupé à jouer sur une console de jeu, je crois, je connais rien à ces machines-là. Il est au poste de garde, au premier étage. Tu dois te rendre à l'entrée ouest de la cathédrale. Derrière quelques haies de cèdre géantes, se cache une porte sans fenêtre. Tu grimpes à l'étage. J'ai vérifié, il n'y aucune caméra près de l'entrée. D'ailleurs, il n'y en a aucune sur le site entier, alors sois tranquille.

Je l'savais tabarnac…

- Je peux pas croire qu'il y a aucune caméra… En êtes-vous sûre ? Ça n'a pas de sens hostie ! Si c'est le cas, ben alors ils sont encore plus débiles que je pensais tabarnac ! Voyons donc ! Belle gang d'apprentis de câlice.

Justement mon cher, faudra profiter du fait que ces deux-là ont oublié d'en équiper l'endroit, ou bien qu'ils n'aient pas encore eu le temps de le faire. Mais je te l'accorde, comme tu dis si bien, "ce sont deux hosties de bozos !" Hihihihi !

- Vous êtes trop chouette Blanche, je devais me plaire avec vous quand j'étais un ti-cul. J'espère que vous resterez encore un bout avec moi... Si seulement je pouvais faire quelque chose pour vous faire revenir, câlice. Les *mad scientists*[6] qui créent les virus destructeurs de planète à la sauce zombie ne sont jamais là quand on a besoin d'eux, hein ? Hahaha !

Tu voudrais que je sois une de ces créatures bouffeuses de cervelle, Gérald ! Oh ! De grâce, non ! Je serais peut-être la première dame zombie à la recherche de cacannes de pot pourri, au lieu de l'odeur attirante de la chair fraîche ! Hihihihi !

- Hahahaha !! Vous êtes tellement drôle,

---

[6] Mad Scientist, Un Savant fou.

hostie ! Hahahaha !!

Bon, allez, on se retrouve plus tard, après le premier garde, ne vas pas trop loin et attends que je te revienne. Allez, ouste mon petit sacripant…

- Vous m'appeliez comme ça quand j'étais petit hein ? Blanche ? Blanche !? On dirait ben qu'elle a crissé son camp… Vaut mieux que j'active…

*

Ça tombe bien, y'a personne dans les parages. Les gens doivent forcément être au bar où Romy travaille… Sinon, ils se pognent le cul dans leurs chambres… D'ailleurs, je me demande si justement, y'a des vacanciers qui se sont rencontrés et qui passent du temps de qualité ensemble… en tk, ils peuvent ben continuer de fourrer comme des lapins, je les dérangerai pas…

Voilà la porte d'accès à la salle de garde. Bien cachée en effet.

Heureusement, aucun grincement ne se fait entendre lorsque j'ouvre la porte de métal. Je la referme doucement, empêchant même le loquet de claquer contre son socle. J'ai fait ça toute ma vie, traquer et tuer les gens… ça se voit pas ? Je monte tranquillement au premier, ma respiration est lourde et saccadée. J'ai l'impression que je joue au hockey, que nous sommes en prolongation, et que je suis en échappée face à un gardien de but légendaire, de la trempe de Patrick Roy.

J'arrive enfin au palier convoité, et j'entends, comme me l'a dit ma mère adoptive, un écho de musique, et des bruits étouffés de voitures de courses. En plein dedans. Elle est forte, ma Blanche… Quoi ? Je prends le droit de la qualifier de "ma", d'accord ? Elle a pris soin de moi, c'est elle qui me l'a dit. Bon. J'aperçois, dos à moi, le garde, ben évaché dans un fauteuil, jambes croisées et bottes appuyées sur le meuble télé. Manette en main. Il est… ultra-concentré sur son jeu de course. Je pourrais éternuer à ses côtés qu'il ne s'en apercevrait même pas.

J'avance tout doucement, en petit bonhomme, après avoir passé la porte. Je sors ma hache de guerre de son étui, et réalise en la retirant, que je dois m'approcher du pauvre moron par la droite. J'aurai à ce moment un bon élan de mon bras droit, pour lui câlisser ça dans gorge. Je veux éviter qu'il me voit, et surtout pas me présenter à lui de face.

C'est une toute petite pièce insonorisée et vitrée tout le tour. Et si c'est une salle de contrôle, ou de surveillance, appelez-la comme vous le voulez, ben alors ça parait pas. Y'a aucun écran, à part la télévision qui diffuse des images de bolides de courses hallucinants, dont notre ami est "scotché" dessus justement. Il ne porte pas d'écouteurs, et le volume du jeu est très élevé. J'ai presque les oreilles qui bourdonnent hostie… Mais ça va grandement me faciliter la tâche. Il est déjà mort et il ne le sait pas encore…

Je suis derrière son fauteuil. Je l'entends pitonner sur sa manette de jeu et sacrer de temps à autre contre sa performance. C'est le moment. Je bouge doucement vers la droite, en me glissant au sol pour être certain de ne faire aucun bruit. Je vois maintenant son profil droit. Il gigote beaucoup les bras durant la course, mais sa tête ne suit pas les mouvements. Il doit être gelé comme une balle, parce que, normalement, je suis dans son champ de vision. S'il se concentre, il me voit. J'abat alors mon bras portant la puissante hache à l'horizontale et en direction du long et frêle cou de mon ennemi.

Le défi est réussi. Mais il m'a regardé dans les yeux avant de la recevoir en pleine tronche. J'y ai vu de la terreur pure mélangée à de la confusion la plus totale, dans la même seconde. Malheureusement, je n'ai pas pu le tuer du premier coup câlice, il s'est retourné la tête en me voyant, désolé, c'est pas de ma faute...

Bref, en la recevant directement dans la bouche, l'impact de la hache lui a sectionné la mâchoire. Elle est même restée pendue par deux ou trois ligaments, à se balancer de gauche à droite durant quelques secondes avant de retomber mollement sur ses cuisses. Il est resté surpris sur le coup, mais pas longtemps. Quand il a réalisé qu'il lui manquait la moitié de la gueule, il a essayé de hurler. Mais pas longtemps. Je lui ai envoyé ma hache directement à la gorge, et cette fois-ci, sans hésitation. Ça giclait. Partout.

Je n'ai plus rien à faire ici... Et pis ça sent le métal froid...

C'est fou la quantité de sang que peut

contenir le corps humain n'est-ce pas ? Ça coule de l'ouverture béante de sa gorge, autant qu'un robinet de cuisine. Je suis même obligé de reculer pour pas que mes godasses trainent dedans...

Après tout ce qui vient de se passer, j'allais oublier la deuxième raison de ma présence ici, le fusil semi-automatique avec silencieux. Il est juste là, bien posé sur le meuble, prêt à servir...

Je m'en saisis, le sous-pèse, et vérifie qu'il est chargé. Aucune idée du fonctionnement de ce joujou mortel, alors je l'observe sous toutes ses coutures et espère que tout fonctionnera lorsque ce sera le temps de s'en servir. À le regarder, on voit bien que cet objet infernal n'a pratiquement jamais servi. Probable qu'ils les ont utilisés que pour se pratiquer...

*

T'as fait ça vite... Quelle horreur !!
...Mais ça tombe bien, le deuxième en a terminé avec sa conquête, et il se dirige par ici. J'étais venue t'avertir de te dépêcher ou bien de te cacher, mais t'as plus qu'à l'attendre, il

en a pour maximum trois ou quatre minutes.

- Blanche ! J'espérais que vous n'étiez pas disparue… L'autre est déjà en chemin !? Je croyais qu'il passait la nuit-là… L'enfant de chienne…

Oui, il arrive mais il ne sait pas que tu y es. Il va attraper son air, comme disait ma mère… Vas-tu te servir de ce machin de fusil ? Ça semble dangereux… Personnellement, je trouve que ta hachette est plutôt efficace moi ! Hihi !

- C'est une hache de guerre, Blanche, pas une hachette. Et pis non, je crois pas me servir du uzi, à moins que ce soit vraiment nécessaire…

Bon bon… Regardez monsieur Brunet qui fait son frais avec sa grande connaissance des armes blanches… Hihihi ! Petit sacripant…

- Hahaha ! Je suis désolé ! Et le pire, c'est que j'y connais rien aussi ! *Shit !* J'ai entendu la porte du bas claquer, il arrive, cachez-vous Blanche !! Je vais le pogner dès qu'il passera le seuil de porte.

Je suis invisible, gros bêta…

Hostie d'innocent… Pousser un spectre à se cacher d'un humain… Bravo champion.

Il monte l'escalier d'un pas lourd. Probablement des bottes à cap d'acier. Je dois me pencher, parce que toute la pièce est vitrée à partir de la moitié de la hauteur des murs. Je suis bien planqué et j'attends le moment fatidique. En étant encore plié en petit bonhomme, j'aurai l'occasion de porter un coup gratuit. Je dois donc lui asséner la première offense vers le bassin, ce qui fera en sorte qu'il se penche vers l'avant. J'aurai alors tout le temps au monde pour l'achever, comme le chien galeux qu'il est.

Il est là… L'adrénaline dans mes veines se charge de mon bras armé, et le propulse à une vitesse fulgurante, en direction des parties qui ne seront plus jamais intimes, de mon cher plouc de service, ici présent.

Bon, vous comprenez que le pauvre navet porte bien évidemment un pantalon. Je ne peux donc pas visualiser les dommages à l'intérieur de son froc, mais d'après son visage, ç'a crissement pas l'air agréable… Mon coup de hache a frappé sa cible, mais aucun son ne l'a confirmé, à part la tronche déconfite du gardien. L'arme a fait son travail, parce que le chrome en entier est couvert d'un liquide épais et rouge écarlate.

Il porte son fusil d'assaut en bandoulière, il n'a jamais eu même le temps de penser à s'en servir contre moi. Il a placé ses deux mains vers son bas ventre qui doit maintenant être en charpie.

Il beugle à voix basse… Ça l'air douloureux en tabarnac… Il lève des yeux confus et déstabilisés vers moi…
- Q… Qui êtes-vous ? Pou… Pourq…
- Qui je suis ? Haha… Je croyais que tu m'avais reconnu. Tes boss t'ont pas dit qu'ils avaient engagé des tueurs ?
- Co… comment ? … Non !! Je pen… sais qu'il y avait juste du… du monde en va… vacances i… icitte…

What the fuck hostie… Je me demande ce que Blanche pense de ça…

- Bon. Ben j'te l'apprends alors. Les deux zinzins là, Marcel pis l'autre névrosée, ben ils m'ont engagé pour tuer les gens qui ont faussement gagné à un concours.

C'est ben beau jaser mais le *dude* se vide de son huile.

- J'ai pas… Je savais pas ç… ça. J'étais ici… pour j… juste m'ass… urer que tout fonctionne… J'vais mourir là… Je suis désolé… de tout ça…
- Câlice de tabarnac…
- … s…sauve Ch… Charlotte…

Il a expiré son dernier souffle. C'est tout. Il est mort… Moi aussi… Un peu plus en dedans…

Sauve Charlotte… Qu'est-ce que je fais avec ça câlice !? Est-elle en danger de mort ? Ou c'est seulement pour s'assurer qu'elle sorte enfin d'ici…

*

Tu as fait du bon travail, Gérald. Et tu vois, t'as même pas eu à l'achever, je savais bien que t'étais pas un sauvage.

En passant, les deux "patrons" sont chacun dans leur chambre. Je pense que

Marcel dort, mais pas Anaïs... Je crois qu'elle...

- Qu'elle quoi, Blanche ? Dites-le !

Elle... Elle se donne du plaisir, Gérald...

Sainte-hostie de crisse...

- Je sais pas quoi répondre à ça. Je vais la laisser s'envoyer en l'air quelques minutes de plus, voyons ça comme son dernier orgasme tiens, au lieu du classique dernier repas. Hahahaha ! *Anyway,* c'est chez Marcel que je m'en vais, elle a encore le temps de venir trois-quatre fois, la nympho-pétoche.

Ce que t'es mal engueulé Gérald... Mais, d'accord. N'oublie pas de prendre le deuxième pistolet avec toi. Vas-tu t'en servir ?

- De quoi ? Du uzi ? Je sais pas encore... Ça va dépendre de comment je vais filer en pénétrant dans la pièce... Et je sais très bien qu'Anaïs me veut dans son lit... Elle n'a pas arrêté de me cruiser depuis qu'on s'est rencontrés. Faudra que je fasse attention à la façon dont je vais gérer cette situation délicate...

C'est bien normal que les femmes te trouvent de leur goût. Tu as toutes les qualités recherchées chez un homme, Gérald. Ne sois pas si surpris. Bon, évidemment, on ne se basera pas sur les derniers jours, mais tu comprends ce que je veux dire... Et puis... tu n'as pas l'intention de coucher avec cette folle, hein ? Dis-moi que tu ne toucheras pas à cette harpie...

- Pour être parfaitement honnête Blanche, j'en avais l'intention v'là pas plus tard qu'hier... Mais la nuit porte conseil. J'ai pris la décision qu'il fallait qu'on décalisse d'ici, et que j'emmenais mon chum avec moi... pis Romy, ben... je sais pas.

Ça a vraiment cliqué avec elle n'est-ce pas ? Tu la vois dans ta soupe...

- Elle est incroyable... On a jasé des heures et des heures... Jusqu'à ce que je ne me souvienne plus de rien parce que j'ai bu comme un *fucking* trou. Mais je me rappelle qu'elle est très allumée, son esprit est vif, et elle peut jaser de n'importe quoi, ayant un intérêt ou des connaissances dans la majorité des sujets. C'est crissement rare, de nos jours, les gens avec un minimum de culture.

Je te l'accorde, et c'est plutôt désolant…

Tu vas t'occuper de Marcel maintenant, si je comprends bien ? Tu te gardes le dessert pour la fin ? Hihihi !!

- Ouais, je vais aller terroriser le bon vieux Marcilou comme dit Anaïs… S'il dort, je vais me taper du bon temps, pis ça va lui faire mal… D'après vous, le silencieux sur le fusil d'assaut, ça s'entend-tu ? Si je le canarde de plomb dans son lit, y'a tu quelqu'un qui va l'entendre ?

Je ne suis pas la bonne personne pour répondre à ça, mon Gérald… Fais juste attention s'il te plait… Je voudrais surtout pas qu'il t'arrive quelque chose. Et je pense que tu devrais rester le plus discret possible.

Allez… Vas-y. Je vais aller zieuter dans le coin de ton copain, voir ce qu'il fait. Et j'irai voir si les filles vont bien.

- Je comprends pas ce qu'elles ont à voir la dedans ces deux jeunes femmes là. Je devrais appeler Pat et lui demander de ne pas s'éloigner de Charlotte. Romy doit être de service au bar du deuxième.

C'est une bonne idée, demande à ton copain qu'il la surveille. Et oui, ta belle Romy est au zinc. À plus tard, reviens moi vivant de grâce. Ne te prends pas pour Sylvester Stallone dans Rambo.

- Pas de danger. J'espère vraiment que vous ne partirez pas trop vite Blanche, quand on en aura terminé avec le ménage d'ici. J'ai enfin l'impression d'avoir quelque chose qui se rapproche le plus d'une mère... pour une fois dans ma vie, même si vous êtes pas à l'état solide...

Je l'espère aussi mon beau Gérald...

- Savez-vous dans quelles chambres ils sont ?

Il n'y a que deux suites parmi toutes les chambres. Elles sont au bout de la cathédrale, à l'autre extrémité du bar, au troisième. Monte au second, et dirige-toi complètement au fond, il y a un escalier qui monte au troisième étage, à l'opposé d'où se tient ta princesse. Si tu la croises, fais semblant de rien, pour ne pas l'affoler.

9. *Marcel a la chienne, Anaïs se roule la bille...*

Je vais essayer de croiser le moins de gens possible, pour éviter les interrogations et suppositions de nos vacanciers ici présents.

Je me dirige alors vers la cathédrale, qui a l'air beaucoup moins immense à la lueur de la lune... Je pénètre par la porte principale en faisant comme si de rien n'était. Je fredonne et affiche une bonne humeur quasi extrême. Tant qu'à "*faker*"...

S'il dort vraiment le Marcel, est-ce que je le réveille avant de l'assassiner ou j'en profite pour faire ma besogne avec mon enculé de "patron" encore dans les bras de Morphée ?

Non, je dois m'assurer qu'il me voit. Je veux observer la peur dans ses yeux. Je veux voir la vie le quitter par ses prunelles, comme il aime tant le voir dans le regard d'une de ses pauvres victimes... inexistantes... hostie de *freak*.

Je suis maintenant tout près du bar et je

ne vois pas Romy nulle part... Mais elle doit y être, elle est la seule à travailler ici... Et la musique de marde est beaucoup trop forte... Qu'est-ce qu'ils ont les gens à écouter et à apprécier cette invasion auditive, câlice... Et ils appellent ça l'évolution ciboire...

J'ai pas le temps d'attendre pour voir si ma belle va se montrer la bette, alors je fonce, mais discrètement, vers le fond de la pièce à la recherche de l'escalier convoité. Derrière deux gros panneaux de velours rouge-vin, se cache, parmi un fouillis monumental... un escalier en colimaçon. J'y suis... Faudrait juste pas que je tombe face à face avec un de ces deux ti-cailles là en grimpant au troisième. Quoique, j'ai juste à dire que je les cherchais, *that's it*, pas de stress mon Gerry...

J'allais oublier de parler à mon chum... J'espère qu'il va m'entendre...

- Pat ? M'entends-tu ?

Come on mon hostie, répond...

- Gerry ?! C'est toé ?
- *Yes.* Mais ne parles pas trop fort, je t'entends très bien, tu peux même chuchoter si

tu veux.

- Ok *man*. Comment tu vas ? T'es-tu correct ? T'as fait quoi là, t'as-tu déjà tué tout le monde mon crisse de malade ?

- Les nerfs avec tes questions Pat, câlice ! ...S'cuse moi... T'es où là ? Toujours dans ta chambre ?

- Ben... tu veux que je sois où tabarnac, tu m'appelles pis j'te réponds. J'ai pas bougé calvaire.

- C'est un *Walkie-Talkie*, hostie de raisin de Californie, tu peux te promener avec, t'aurais pu être n'importe où.

- Fais pas ton *smat*, tu m'as demandé de pas bouger, de rester dans ma chambre, ben c'est ça que j'ai fait câlice.

- Hahaha ! Ouin... T'as raison, *sorry*. N'empêche que t'aurais pu sortir et aller te promener, je t'aurais pas chicané comme un écolier.

- Haha ! Pas grave *man*, j'avais rien à crisser, faque j'ai commencé à regarder la série de malade, tsé là avec la blonde qui fourre avec des dragons... pis tout le monde qui s'entre-tuent comme des vrais câlices de mongols ?

- Hostie de crinqué !! Hahahaha ! C'est *Game of Thrones*. Et Daenerys Targaryen fourre pas avec des dragons, Pat. T'es sûr que c'est la bonne série ? D'après moi, t'as regardé une version *porn trash*, genre *Game of Hoes*, hahaha !

- Va donc chier tabarnac ! Hahaha ! C'est juste une façon de parler *man*... je l'ai pas vu fourrer avec personne encore, câlice. J'suis juste au début.

- Hahaha ! En tk... Je t'appelle pour te demander un service. Va coller au cul de Charlotte s'il te plait. Assure-toi qu'elle va bien. Y'a quelque chose de pas net qui se trame ici, et on doit trouver c'est quoi.

Je devrais parler de Blanche à Pat ? ... Non, ça sert à rien pour le moment.

- Pour vrai ? Crisse *man*, t'es malade ! Si l'autre folle me voit lui tourner autour, elle va péter une solide câlice de coche !

- Anaïs était en train de se... Euh, les deux "boss" sont dans leur chambre, Pat. Je les ai vu tantôt. J'en suis sûr à 100 %.

Ciboire... J'suis passé proche de dire une belle niaiserie moi là...

- Anaïs faisait quoi ?

Tabarnac ! C'est ce bout de phrase là

qu'il a retenu certain, hein !

- Rien l'gros. Ça sorti tout seul… ça doit être le fantasme qui parlait à ma place, hahaha !
- Ok mettons… Hahaha ! Cache-moé rien mon crisse de fou !
- Hahaha ! T'inquiète, *anyway*, je vais pas coucher avec elle maintenant certain, calvaire !
- Faque là… C'est correct, j'vais aller surveiller Charlotte, ou au moins essayer de la trouver. Tu sais-tu dans quelle chambre elle est ? Si j'la trouve pas nulle part ? Je t'appelle ?
- Non ! N'essaie pas de me contacter. Je veux pas me faire surprendre par un bruit. Moi, je vais te trouver quand j'en aurai terminé.
- Les gardes, ils sont où ?
- Morts, tous les deux.
- Câââlice *man*… Mon nouveau chum, c'est Chuck Norris.
- Je vais le prendre comme un compliment… On dirait que j'ai fait ça toute ma vie, hein ? Ça va ben aller mon Pat, et on va sortir d'ici, avec Bla… toi pis moi.

Câlice…

- Va falloir que je te parle de quelque chose plus tard, c'est complètement trop fou. Mais là, j'ai pas le temps. Mon devoir de super-héros doit se poursuivre...

- Les nerfs avec le super-héros Gerry. T'as rien de *Batman*.

- *Batman* c't'une graine. Je préfère *Blade*. Ciao Pat, fais attention à toi et fais pas de connerie.

- Ok *man*, reviens moé mon tabarnac. Si tu meurs avant moé, je te tue, câlice !

- Hahaha ! C'est *good* !

Parfait. Ça va bien aller, hein ? Bien sûr que si... Hostie... Pensez-vous que j'aurai droit à une passe pour le paradis, si j'assassine ces deux-là ? Si je nettoie la planète d'au moins deux personnes nuisibles et sans-cœur ? J'ose espérer que si. Mais je ne devrais pas être surpris non plus, si un de ces jours, je dois me mettre une balle dans le buffet. J'ai quand même tué, moi aussi. Et je n'ai pas détesté, loin de là.

J'ai en main et un autre en bandoulière, deux magnifique pistolets-mitrailleurs genre uzis entre les mains. Je ressens une force incomparable. J'ai le pouvoir d'ôter la vie d'une simple pression de gâchette. De plus, cet engin de mort est équipé d'un silencieux, sainte-hostie. Je croyais pas vouloir m'en servir mais… si Marcel dort, je pourrais tellement me faciliter la vie… Je verrai en entrant dans sa suite comment je me sens…

Je monte l'escalier en prenant bien soin de cacher mes armes dans mon dos. C'est vraiment bien qu'il y ait un gros rideau pour camoufler l'escalier. Personne. Je n'entends rien. Pas de musique. Pas de fond sonore de télévision non plus. Et Anaïs doit en avoir terminé avec sa séance de masturbation intensive, j'entends ni gémissement, ni vibration. Héhé… Grosse cochonne… Quoique, c'est peut-être juste trop bien insonorisé…

C'est beau ici… Vous devriez voir les boiseries… Avec les statues et autres fresques religieuses, ça fesse dans l'dash comme on dit. Il y a deux portes de la même couleur. Les deux sont blanches, celle de gauche affiche le nom "Suite Turcotte", et celle de droite, "Suite Sanchez". S'ils voulaient passer inaperçus, ils ont chié. Mais bon, c'est pas la première fois qu'ils ont l'air des hosties de ploucs du câlice, faque… ça ne me surprend plus.

J'avance à pas de ninja, du moins je tente de me faire croire que j'en suis un. Avouez que c'est hot en crisse les ninjas… Bon, je suis collé sur le cadrage de porte, je m'avance le côté gauche du visage pour y appuyer mon oreille, dans l'espoir d'entendre quelque chose, un bruit qui me confirmerait de ne pas entrer tout de suite. Rien de tel n'arrive, je teste la poignée, elle descend. Bingo. Aucun clic ou cloc qui pourrait réveiller monsieur le détraqué. Il fait vraiment noir, je ne discerne pas grand-chose d'ici, mais je vois de la lumière au fond.

Je referme la porte très doucement. Je me place en petit bonhomme, au cas où ma grosse tête se verrait, et j'avance lentement. À ma gauche, une cuisinette ultra-moderne en bois laqué, avec autant d'armoires qu'il en faut pour stocker les vivres de l'Armée rouge au grand complet. Une salle de bain un peu plus loin, personne non plus.

Un jet de lumière stroboscopique émanant de la pièce du fond. Ça doit être une télé allumée avec le volume coupé…

En plein dans le mille. Marcel s'est endormi avec un fond visuel. C'est bizarre, habituellement, c'est un *background* sonore que les gens se mettent pour s'endormir... Mais le Marcel, c'est un hostie de *fucké*, lui c'est de la lumière qu'il a besoin... comme une plante verte... pour faire pousser de la matière grise j'imagine...

Peu importe... Il dort comme un bébé, il ronfle même, monsieur le nouveau criminel. Ton règne achève champion.

- Hé, Marcel... Pssst... Réveille-toi !

Il me marmonne quelques mots incompréhensibles...

- Allez, debout ma p'tite face de marde.
- G... Gérald !? Qu'est-ce que tu fais ici, c'est ma chambre, t'as pas le droit d'entrer !
- Je resterai pas longtemps. Je suis ici pour te tuer.
- Ben voyons Gérald... Pourquoi ? Qu'est-ce qui se passe ? Est-il arrivé quelque chose ? Fais pas de connerie que tu risques de regretter...
- La seule chose que je regrette, c'est d'avoir accepté de venir tuer des gens pour toi pis l'autre crisse de folle. Et t'es pas en position pour me menacer, mon hostie.

- J'ai juste une pression du doigt à faire et mes gardes seront ici dans quelques secondes. Tu joues dans la cour des grands maintenant Gérald, si j'étais toi, je retournerais d'où je viens.

- Tes gardes sont morts. Tous les deux. Et tu savais qu'ils n'étaient même pas au courant de votre plan ? Ils ne savaient pas que vous nous aviez engagé pour tuer les vacanciers… Vous êtes des crisses de trou de cul hein ?

- Euh… Bien sûr qu'ils étaient au courant, ils vous ont menti, c'est tout.

- Ben oui, c'est ça. Dis-le à ta face. T'as aucune transparence Marcel, on peut lire dans ton visage comme dans un livre ouvert. Bref, on s'en câlice, c'est fini tout ça. Vous ne ferez plus jamais de mal à personne.

- S'il te plaît Gérald, on peut en discuter hein ? As-tu besoin de plus d'argent ? J'ai des centaines de milliers de dollars dans le coffre-fort, dans la chambre d'Anaïs…

- Donne-moi la combinaison du coffre.

- Je préfèrerais qu'on s'entende avant de te refiler le code.

- Marcel, tabarnac, pousse-moi pas à te flinguer tout de suite. Je vais le trouver le code, si c'est pas toi qui me le donne, je le trouverai ailleurs.

- D'accord, d'accord. Et tu vas me laisser vivre ?
- Absolument.

Pas pantoute, crisse de malade…

- Trois tours à gauche jusqu'au 34. Deux tours à droite sur le 18, et un tour vers la gauche jusqu'au 44.
- Merci Marcel. C'était un plaisir de faire affaire avec toi.

Je retire ma veste et décroche un des deux uzis de mon épaule, le met en joue, et m'apprête à viser directement entre les deux yeux.

- Hey ! Hey ! Attends, attends !! T'as dit que tu me laisserais vivre Gérald !!!
- J'ai menti. Comme tes gardes.

Les murs sont faits de pierre, Anaïs n'entendra rien…

Je descends ma visée vers son ventre, et appuie sur la gâchette. Une salve de plombs incandescents sort du canon silencieux et déchiquète l'entièreté de l'abdomen de mon très bientôt, ex-patron. Au minimum, une vingtaine de balles ont fait leur chemin vers son bide. La peau, du nombril jusqu'au pubis, est lacérée, trouée, et saigne abondamment. Des litres de sang se déversent sur les draps autrefois blancs. Il beugle, tente de parler, mais le liquide onctueux dans sa bouche l'en empêche. Il m'implore de ses yeux de l'aider. Je suis un bon gars, c'est Pat qui me l'a dit, alors je souris légèrement, et termine mon travail en aspergeant Marcel du restant de balles encore présentes dans le chargeur, en pleine tronche.

Les quelques secondes nécessaires pour vider le magasin furent les plus violentes de ma vie. Lorsque le dernier projectile sorti du uzi, je remarquai la fumée blanchâtre s'échapper du canon, ainsi que le tas de chairs déchiquetées qui remplaçait maintenant la tête de mon cher Marcel. C'était horrible, dégueulasse. J'ai même failli vomir sur le tapis. Clairement, il ne parlera plus jamais. Il ne trouvera ni bonheur, ni amour. Un billet direct pour l'enfer…

Je laisse ce qui reste de Marcel là où il est. Je ne l'ai pas touché, je n'ai rien déplacé. Un vrai travail de professionnel. Manque juste le *background* musical de *James Bond*, pis j'appelle *Eon Productions*[7] pour leur donner mon idée de scénario.

Je quitte la luxueuse suite sur le bout des pieds, mais ne me sens aucunement coupable du meurtre de Marcel Turcotte. Qu'il aille au diable, ce plouc du câlice. En ouvrant la porte, je suis agressé par la musique techno qui bat son plein. Encore. Parfait, mon assassinat a passé inaperçu.

J'espère que ça se passera aussi bien chez Anaïs… J'ai crissement moins confiance en moi avec elle… Mais je dois savoir si Pat a réussi à trouver Charlotte. Je vais descendre, je vais avoir l'air d'un hostie de singe si Anaïs sort de sa suite pis que je suis à côté de sa porte à jaser avec Pat sur un *Walkie-Talkie*.

Arrivé au deuxième, j'ouvre le rideau de velours, reçoit en pleine gueule une solide bouffée de cannabis aussi odorante qu'un *six pack* de moufettes mortes et aperçoit Romy derrière le bar. Elle brille. Les gars restants sur le domaine, sont tous assis au zinc à la dévisager, la bouche ouverte. Les hosties de

---

[7] Eon Productions est une société de production cinématographique britannique ayant les droits de gérance sur la franchise des films de James Bond.

rats de câlice, des vraies mouettes tabarnac…

Je reste là, devant les panneaux, à l'observer. Elle lève la tête vers moi, plante son regard dans le mien, et me sourit. Un sourire authentique, un de celui qui vous promet du bon temps dans un futur rapproché. Les genoux me plient. Elle penche légèrement la tête sur sa droite, en continuant de me fixer de façon salace. Je bave, dans ma tête. Quelques *douchebags* au bar se retournent dans ma direction pour savoir qui est le mec qui fait réagir la délicieuse Romy de cette façon.

Elle rigole en me voyant m'approcher.

Un des gars ouvre la bouche dans l'intention de m'adresser la parole et faire le fier devant la princesse. Évidemment, le mâle alpha veut faire sa place. Gros innocent.

- T'es qui toi ? Je t'ai pas vu dans le coin ici avant ce soir !

Pourquoi le *dude* est déjà sur la défensive ? Hahaha… Pauvre cloche, c'est pas en agissant comme ça devant les dames que tu vas les impressionner, mon ti-coune.

- Salut. Je m'appelle Gérald. Et toi ? Un professionnel de l'identité ? Un scientifique des noms ? Pourquoi je dois m'identifier ? Bois ta bière pis câlice-moi patience.
- Je t'ai juste demandé ton nom poliment, c'est pas une raison pour m'envoyer promener !
- Je t'ai envoyé nulle part, je t'ai dit de me câlisser patience. Et ça n'avait rien de poli, c'était arrogant. Tout est dans la façon de le demander, mec. Maintenant, décâlisse de ma face.

Ohhh... Il s'est retourné sans rien ajouter, le cornet... Je m'améliore hostie.

Regardez-moi ça comment elle est belle... Ouin, vous pouvez pas la voir, mais vous pouvez l'imaginer par exemple... Solide hein ? Bande de pervers, c'est mon personnage, comme dirait Anaïs, pas touche les connards !

- Salut Romy, je suis très content de te voir. Comment tu vas ?
- Bonsoir Gérald, ça va encore mieux depuis que je t'ai vu apparaître.

Dieu du ciel de crisse...

- Haha... C'est très gentil de dire ça. J'avais hâte de te revoir en... beaucoup.

- Hahaha ! C'est trop chou d'essayer de t'empêcher de sacrer à côté de moi.

- Ah, je peux sacrer à côté de toi, ça, ça va. Mais je veux pas le faire en conversation avec toi, tu es trop magnifique pour qu'un tel langage salisse l'air environnant ton visage.

- Ç'est la chose la plus jolie qu'on ne m'ait jamais dite, t'es trop charmant Gérald.

- Tout le plaisir est pour moi, gente dame. *Milady*, je vous quitte, j'ai quelques trucs à régler. À quelle heure tu termines ?

- Vers deux heures, deux heures et quart. Encore un petit peu plus de trois heures. J'ai déjà hâte...

Et moi donc, Romy, et moi donc...

- Si je partais en vacances en Polynésie, tu viendrais avec moi ?

Un éclair fulgurant illumine ses iris...

- Bien sûr que j'irais... sans même y penser...

- Vraiment ? On ne se connait même pas. T'es une vraie aventureuse toi ! Hahaha !

- Je le vois dans tes yeux Gérald. J'ai l'impression de pouvoir lire tout ce que tu as vécu, et tout ce qui s'en vient. Bizarrement, j'ai comme très envie d'y participer, si tu n'y vois pas d'inconvénients.
- Eh crisse que non. Tu ne peux pas savoir à quel point ça me fait plaisir d'entendre ça. À plus tard !

Mon coeur hostie, vous auriez dû voir le regard gourmand qu'elle vient de me pitcher...

- Bye Gérald, à tantôt !

Je me dirige vers l'entrée principale au rez-de-chaussée de cette immense cathédrale. Je sors enfin prendre l'air. Ça, ça fait du bien en tabarnac.

- Pat ! M'entends-tu ?

Silence radio... La pognez-vous ? Héhé...

- Hey ! Pat ! Réponds, ciboire !
- Arrête de crier *man* ! J'suis dehors, je cherche encore Charlotte, câlice ! Pas moyen de la trouver nulle part.
- As-tu été cogné à sa porte de

chambre ? Sais-tu c'est laquelle ?

- J'ai demandé à Romy si elle savait elle était où. C'est elle qui est venue voir à sa chambre avec moé. Elle a dû voir que j'avais l'air stressé en calvaire… Y'avait personne là, *man*. Je l'ai cherché partout, pas moyen de la trouver. Même Romy a aucune crisse d'idée d'où elle peut être.

- Check ben ça si elle est pas enchaînée dans la suite d'Anaïs…

- Hein ?! Voyons donc câlice *man*, pourquoi l'autre folle la garderait en castipvité ?

- Captivité Pat. Pis je sais pas… Je prends un *guess*… On sait jamais ! Pis on la connaît pas c'te crisse de varlope là. C'est peut-être une disjonctée du câlice qui aime torturer ses amis ou sa famille. Je m'en vais chez elle drette là !

- Attends *man*, viens avec moi avant, on va demander à Romy si elle ne l'aurait pas vu passer récemment.

Crisse, c'est Pat qui me dit "récemment"… Il a lu le dictionnaire en m'attendant ou quoi ?

- C'est bon, mais faut que je me grouille le cul. Je sais qu'Anaïs est dans sa chambre là là… mais pour combien de temps encore ?

Elle dort peut-être mais, j'en suis pas convaincu.

- Ouin, t'as sûrement raison l'gros. J'en ai roulé un, ça te tente tu de le fumer avec moé avant ? Ça me relaxerait je pense… Pis t'es sûr que tu veux pas que je vienne avec toé ? Si ça se passe pas comme prévu avec la crinquée, j'suis pas mal certain que t'aimerais ça en crisse que j'sois là, *man*.

- Oui j'en suis…

Gérald… Tu devrais reconsidérer l'offre de ton copain.

- Blanche !?!

Si c'est elle, j'en connait un qui va virer su'l top, hahaha !

- De quoi Blanche, *man* ?? *What the fuck* ? Qu'est-ce qui est blanc ?
- Blanche, Pat. C'est le nom de ma dernière victime. La dame âgée, avec sa canne de marche. Je m'excuse de te dire ça sec de même, mais elle est revenue d'entre les morts… Elle m'a appris pas mal de choses au sujet de mes parents, et aussi le fait que ce soit elle qui m'a élevé quand j'étais juste un ti-cul. Mais je l'ai tué comme un crisse de

débile avant de l'apprendre... Je sais pas pourquoi tout ça m'arrive, ni si je suis en train de virer fou mon chum, mais ce que je te raconte est *fucking* vrai. Je mentirais pas la dessus. Je croyais encore pas aux fantômes, v'là une couple d'heures câlice.

Je vois un mélange d'émotions tenter de se faire un chemin vers le visage de mon chum. Il y en a un hostie paquet, croyez-moi. De la confusion, évidemment, c'est celle qui règne en maître après une telle déclaration. Mais aussi de la moquerie, le *smirk*[8] caractéristique du gars qui regarde l'autre en voulant dire "ben oui c'est ça, mon hostie."

- Tu me niaises certain mon tabarnac, c'est ben trop *fucké* ça câlice ! Voyons donc ciboire !! Faque, tu sais ce qui est arrivé à tes vieux ?
- Affirmatif. Je te raconterai ça plus tard...

J'ai fouillé toutes les pièces de sa suite, Gérald. Anaïs y est toujours, je crois qu'elle somnole pour le moment, mais...

---

[8] Smirk, est un sourire narquois qui évoque l'insolence, le mépris ou la suffisance offensive.

- Quoi mais ? Qu'est-ce qu'il y a, Blanche ?
- Je l'entends pas *man*, qu'est-ce qu'elle a dit ?
- Ta yeule deux secondes, Pat.

Charlotte... Elle y est aussi. Elle est attachée par ses chevilles et poignets, dans une autre pièce, un genre de bureau maison, avec des classeurs et autres trucs de papeterie. Il y a un gros radiateur derrière la chaise de bureau, elle est là. Elle sanglote, Gérald. Elle n'a pas d'ecchymoses, mais elle ne va pas bien. Je crois qu'elle subit les excès de libido de cette chère Anaïs...

- Les excès de libido ? De quoi vous parlez Blanche ? Elle la viole, tabarnac ?
- *What the fuck man*, de quoi tu parles câlice !?!

- Attends, l'gros ! Vous croyez qu'elle la viole ou qu'elle se sert d'elle pour assouvir ses pulsions de névrosée nymphomane du tabarnac ?

Je devrais te laver la bouche avec du savon, petit sacripant... Non, je ne crois pas qu'elle lui fasse du mal physiquement, si tu vois ce que je veux dire. Mais elle la force à faire des choses qu'elle ne veut manifestement pas. Ça, j'en suis certaine.

- D'accord, je comprends.

Et tu comprends aussi pourquoi je t'ai dit plutôt, que tu devrais emmener Pat avec toi.

- Oui je comprends, Blanche, mais je peux pas.
- Qu'est-ce qu'y a Gerry ? Câlice *man*, parle moé !
- Elle croit que tu devrais venir à la suite d'Anaïs avec moi. Parce que Charlotte y est également. Sauf que la belle serait attachée à un radiateur dans une autre pièce.
- QUOI ?! Ah ben tab…
- Viens pas fou Pat, je m'en occupe ok ? Juste à voir ta réaction, je suis aussi bien de te laisser ici tranquille. Tiens, essaie de jaser avec Blanche. Ça va tuer le temps, mais arrête si y'a du monde qui passe, hahaha !
- *Fuck off* Gerry. Mais c'est bon, je gagnerai pas avec toé.
- Je vais essayer de m'occuper de notre crisse de folle avant, comme ça je serai tranquille pour libérer Charlotte.
- Ouin… Ton plan est pas pire mais…

- Mais quoi hostie !?
- Ça fait déjà un boutte que tu niaises icitte, j'espère qu'Anaïs est pas allé cogner à la porte de Marcel...
- Blanche m'a dit qu'elle était toujours là. Stresse pas avec ça.
- Ah ouais, c'est vrai, on a un fantôme dans nos alliés. Ça fait presque "X-Gen", ou "Men in Red." Haha !
- Pat... Si on sort d'ici vivant, je te donne des sessions de culture cinématographique gratuites et divertissantes, ok ? Tu fais dur en tabarnac.

Il est assez tard, je décrisse.

- Je reviens le plus vite possible. Si jamais je suis pas revenu au bout de deux heures, tu viendras cogner à sa porte. C'est la suite Sanchez, au troisième.
- Ok *man*. J'vais marcher un boutte avec toé par exemple, j'voulais qu'on fume le bat que j'ai roulé, j'peux pas me le griller tout seul, j'vais tomber d'in vapes.
- *Good*, viens t'en.

Je retourne vers l'entrée, passe la massive porte de bois et me dirige tout droit vers l'escalier, d'un pas décidé. J'ai presque envie d'aller fouiner au sous-sol, là où Pat et moi avons été reçus, quelques jours plus tôt. Mais j'ai pas le temps, peut-être plus tard…

10. Coït interrompu, on repeint en rouge

- Comment tu vas t'y prendre *man* ? T'as-tu l'intention de la canarder de plomb en rentrant dans sa chambre ?
- Crisse non. Je veux pas faire le cave et risquer de blesser Charlotte.
- Ah ouin… Mais, peut-être qu'elle a un gun elle aussi…
- Je sais pas, j'vais prendre le risque mon chum.
- Peut-être qu'y a d'autres personnes dans sa suite aussi, *big*…
- Hostie ! As-tu fini d'essayer de me faire stresser ? *Fuck*, le gros, donne-moi un *break* !
- *Sorry*… Je suis gelé en crisse Gerry…
- Je vois ça ! Haha ! Ok, j'y vais, va pas trop loin pis souhaite moi bonne chance.
- Ok *man*, fais pas l'fou mon tabarnac. Pis oublie pas, je peux t'aider aussi l'gros, ok ?
- Ben oui, *don't worry.*

Il est planté là à me regarder m'éloigner… Comme s'il était un bébé chien et que je le crissais là, comme une marde…

J'vais revenir mon pote, t'inquiète.

Je refais à nouveau le même putain de trajet, celui qui me conduit vers l'antre de la folie... héhéhé... La demeure de la crisse de folle autrement dit.

Évidemment, mon cher copain m'a fait réfléchir au fait que, en effet, Anaïs n'est peut-être pas seule... Peut-être que... Charlotte se fait violer par d'autres... pendant qu'Anaïs les regarde... Peut-être que... Aaaarrrggghh !!!

Fuck that, hostie !!!

Je suis pas surpris de recroiser les mecs qui attendent leur tour pour peut-être avoir la chance de courtiser Romy. C'est pathétique. Mais elle ne semble pas détester... Normal, elle doit s'attendre à se faire *cruiser* à qui mieux-mieux avec un look pareil.
N'empêche que les gars ont tous l'air d'une bande de dégénérés du câlice... Des beaux colons
hein ? Ce qui est encore plus triste, c'est que ces imbéciles heureux ne réalisent même pas que c'est pas la façon de faire avec les filles. Et j'suis pas le meilleur en ce qui concerne l'art

de la séduction, ayant un maigre palmarès à mon actif, mais j'suis pas un hostie de mongol. Bon.

    Je veux pas voir si Romy m'a vu, je poursuis donc mon chemin vers l'autre extrémité. Je ne me retourne pas, parce que je sais qu'elle me regarde... je sens son regard me piquer la nuque...

    Je grimpe l'escalier en colimaçon, arrive sur le palier et me dirige au fond, là où sont les suites de nos deux, ben désormais seule Anaïs... Je refais le même manège, je me colle l'oreille sur la porte, mais cette fois-ci, j'entends des gémissements... de plusieurs voix différentes... dont une masculine, si je ne me trompe pas. Je commence à capoter un peu en dedans... *Fuck* !! Elle est pas seule... à moins que ce soit Charlotte et Anaïs ? Nah, pas convaincu câlice, je dois entrer...

    Je teste la poignée, comme je l'ai fait précédemment sur celle de Marcel... Elle n'est pas barrée non plus. Je ne l'ouvre que de quelques millimètres, dans l'espoir de pouvoir les repérer, savoir au minimum combien ils sont. Si j'entre sans savoir, je risque de me retrouver dans une position crissement pas avantageuse.

Ça y est... Je vois... Anaïs est couchée sur le dos dans un lit, elle gémit de plaisir calvaire. Mon membre se durcit sans le vouloir... Il y a une tête entre les cuisses de ma patronne... Tabarnac !! C'est Charlotte... Anaïs la tient en joue grâce à un beretta bien appuyé sur sa tête. J'imagine pas le stress de la pauvre fille, lécher une chatte sous la menace d'une arme...

- Tu... t'arrêtes et je... je te fout une balle dans la tête, mmh, petite pute.

En ouvrant la porte un peu plus, j'entends clairement une seconde lamentation, celle du jeune homme qui pilonne Charlotte par derrière. Vous avez l'image hein ? Je rage...

- Allez p'tit con !! T'as terminé ouais ? Tu t'es vidé les couilles ? Laisse-la moi maintenant et pars, je ne veux plus voir ta sale tronche. On est quitte dorénavant. Va chercher Gérald, et amène-le-moi !

J'avais presque oublié que j'avais rendez-vous... Mais, si j'entre tout de suite, elle s'apercevra que quelque chose cloche et peut-être choisira-t-elle de mettre une balle dans la tête de la menue Charlotte. Hors de question…

Si je passe la porte et qu'elle me voit, j'suis foutu câlice. Je dois la désarmer avant… Mais comment faire ? Vous feriez quoi à ma place ?

Je prends mon fusil d'assaut, place le canon dans l'ouverture de la porte, et vise la main qui tient le *gun*. Si je tire quelques centimètres trop bas, je tue Charlotte. Hostie de tabarnac !! Je pense à Blanche, à Romy, je tente de me calmer, de me concentrer. Ce tir de précision sera probablement ce qui sera le plus difficile à accomplir de ma vie, autre que de vivre avec une personne qui se contre-crisse royalement de vous. Je n'ai pas le droit à l'erreur…

- Je suis ici Anaïs… Es-tu prête, ma câlice de névrosée ?

Ses yeux… Ils se sont agrandis telles des pièces de deux dollars canadiens.

Mon index a reçu le feu vert. J'appuie sur la gâchette. Trois balles sortent simultanément du canon silencieux. La première passe par-dessus l'avant-bras d'Anaïs, celui qui tient le pistolet, et va se loger dans le mur de pierre, quelques mètres plus loin. La seconde, m'épargne de sacrer à nouveau et arrache dans son élan, le pouce droit de ma superbe employeuse. La dernière est celle qui fait le plus de dommages, en pénétrant directement la cuisse gauche d'Anaïs.

Quelques cris de mort s'ensuivent. Charlotte se recule, le visage humide de fluides, et me jette une paire de yeux qui veulent dire : il était temps que quelqu'un fasse quelque chose bâtard !!

Le jeune homme qui la baisait par derrière s'est retiré avant la fin de son *shift,* et me dévisage, les bras ballants, la bite déjà ramollie collée à ses couilles.

- Putain de bordel de merde !! Espèce d'enflure à la noix ! J'vais te tuer !!!
- Tu m'avais donné rendez-vous non ?
- Va niquer ta mère Gérald !! Aaarrrggghhh !! Tu vas me le payer !!

J'en profite pendant que le jeune

homme est figé pour sortir ma hache de son fourreau, et lui lance de toutes mes forces. En pleine face. Il n'a même pas bougé d'un poil le plouc. Mon premier lancer de la hache mérite une médaille, ou un trophée, j'suis pas regardant là-dessus. La puissante lame a pénétré son visage à la verticale, juste à la gauche de son nez. Le plus bizarre, c'est qu'il est toujours debout. Mais il est mort. Vraiment, très décédé même.

- Mais t'es malade !!! Pourquoi tu l'as tué ? Qu'est-ce qu'il t'a fait ?
- Il violait Charlotte tabarnac, espèce de crisse de maniaque !! C'est quoi ton hostie de problème à toi ? Tu séquestres des jeunes femmes pour assouvir tes pulsions débiles ? Réalises-tu ce que tu fais au moins ?
- Ce que je fais de mon temps ne te regarde pas Gérald !! Et emmène-moi à l'hôpital !
- T'es vraiment mal placée pour me donner des ordres Anaïs… Et tu vas te vider de ton jus pourri avant que je fasse quoi que ce soit pour t'aider.
- Marcel !! Marceeeel !!!!
- Ton *partner* est mort… de même que tes gardes, fatigue-toi pas la grande. Il ne reste que des vacanciers ici. Et personne d'autre ne

va mourir. Vous n'êtes que des recrues, des pauvres bleus de câlice. Ça se part une entreprise de meurtre pis c'est même pas foutu de la gérer convenablement. Mon arme, ma hache, vous ne me l'avez pas demandé en revenant de mon deuxième assassinat. Vous l'aviez oublié hein ? Le fait qu'il n'y ait pas de caméras… Faites-vous exprès pour être mauvais ou quoi ?

- Va te faire foutre. Ils doivent venir les installer le *weekend* prochain. Tu ne sortiras jamais d'ici Gérald. Tu vas crever sale pourriture. J'ai des amis sur le site aussi, tu sais ? Je n'ai qu'à les appeler.

- Et tu comptes t'y prendre comment ? Je te ferais remarquer que c'est moi qui tient l'arme à feu. Toi, il te manque un pouce, ça l'air douloureux en passant, et le trou de ta cuisse laisse échapper beaucoup de ton essence vitale… t'en a pas pour longtemps, et je ne te laisserai pas appeler personne.

- Ah ouais ? Allez, empêche-moi !

Elle me nargue en plus !!

- Charlotte ! Comment tu vas ? Sors d'ici ! Descend au deuxième, va voir Romy et demande-lui de trouver Pat.

- Vous croyez vraiment pouvoir avoir la

confiance de cette pétasse ? Romy n'est qu'une...

- Ferme ta yeule ma tabarnac !!

Enough is enough...

Je gueule et fais un pas vers l'avant, j'étire le bras dans le but de saisir le manche de ma hache de guerre hors de la tronche du pauvre couillon de violeur de mes deux. Anaïs crie comme un système d'alarme pogné sur la même note lorsqu'elle réalise ce que je tente de faire. Je suis obligé de tenir la mâchoire du gars ben serré dans ma main gauche pour pas que sa tête bouge, et en quelques coups secs vers le haut, je réussi finalement à l'ôter de là. Un *schlak* sonore retentit à sa suite, dégueulasse. Lui, c'est pas joli son affaire. Je pourrais me servir de son cadavre et l'installer comme porte-manteau à la maison. Tsé, t'arrives du travail, pis tu peux crisser ton portefeuille, tes clefs, pis même ton hostie de courrier un coup parti, par l'ouverture béante dans son visage. La nouvelle génération de jeunes adultes d'aujourd'hui pourrait appeler ça de l'art *modern gore* déco...

Je vois Anaïs du coin de mon œil droit qu'elle tente de se lever. Après tout, elle n'a qu'une balle dans la cuisse. Mais elle réalise que c'est plus difficile qu'elle croyait, probablement dû au fait qu'elle a déjà perdu une bonne quantité de sang.

- Un peu plus et tu me sectionnais l'artère fémorale putain de zouave ! Espèce de bois-sans-soif !

Je rêve ou elle m'insulte à la Capitaine Haddock ?

- C'est quoi la prochaine ? Bachi-bouzouks ? Ornithorynque ? Flibustier ? Hahaha !! Tu pensais faire quoi là ? C'est fini Anaïs. T'es vraiment bandante mais surtout, t'es une câlice de malade. Quand je suis allé me placer en ligne pour l'entrevue l'autre jour, je m'étais fait une tonne de scénarios dans la tête, du plus banal au plus *freak*. Dans le genre de voler une banque, ou de foutre la marde, de n'importe quelle façon, à n'importe quel endroit. Évidemment, jamais j'aurais pensé qu'on m'offrirait de tuer des gens pour gagner ma vie. Sur le coup, c'est hallucinant l'effet que ça fait de même imaginer ce que ce sera d'avoir le pouvoir ultime d'ôter la vie. D'avoir la puissance suprême, d'avoir l'opportunité de choisir pour autrui, s'il vivra ou bien s'il crèvera…

- Alors… tu peux toujours continuer Gérald, on peut aller loin ensemble toi et moi. T'es vraiment fort. T'es pas obligé de me faire la peau tu sais, et puis je pourrais te rendre très heureux, n'oublie pas que je suis…
- Arrête Anaïs, lâche-moi avec tes phrases toutes droites sorties d'un film, câlice. Prends-moi pas pour un crisse de cave. On ira nulle part ensemble, ton parcours de folle à la puissance dix prend fin ici. Et ce qui me rendrait heureux, ça serait de plus te voir la face et que tu la fermes…

Mon dilemme présentement, c'est comment j'arrête tout ça ?

Une galette sèche dans la narine me remplit les yeux d'eau, ça chatouille et ce qui devait arriver arriva ; je décolle d'une séance d'éternuements tous plus puissants les uns des autres. Je *rush* ma vie, morve et renifle comme un hostie. Évidemment, la nymphomane française choisit ce moment précis pour bondir vers moi. Ben, elle essaie, mais n'a le temps que de faire deux pas que je lui envoie mon arme en pleine poitrine, toujours la morve au nez. Mais le coup n'est pas assez fort pour pénétrer complètement la cage thoracique et la hache tombe au sol, probablement dû au fait que j'ai les yeux à demi fermés et que je respire comme un Dodge '83.

Le choc laisse toutefois une énorme lacération entre ses deux superbes tétons.

Elle hoquette d'effroi. Anaïs devient blanche comme la neige, elle tombe à genoux et m'implore encore de son regard lascif…

- Coudonc ciboire, même en train de te vider de ton sang, tu réussis quand même à me faire des avances ? D'où tu sors tabarnac ? T'es vraiment pas ben dans tête toi, hein ?
- BAISE-MOI OU TUE-MOI GÉRALD !!!

Enfin une bonne idée.

J'ai assez niaisé ici. Je vais à l'encontre de mes valeurs… hahaha ! Mes valeurs… lesquelles hostie ?! Je devrais aussi m'en crisser une entre les deux yeux… Comment on fait pour vivre avec plusieurs morts sur la conscience ? On continue de quelle façon ? On se lève le matin pis on prend notre café pis notre p'tit dèj comme si de rien n'était ? C'est ce que je vais devoir faire ? Faire semblant ?

J'ai déjà mal, câlice…

- Anaïs, je vais pas te baiser. Tu t'es regardée ? Tu pisses le sang, y te manque un pouce, pis ta poitrine a l'air d'un vortex sur le bord de m'aspirer à tout jamais vers une contrée de débiles dans le genre de la tienne. Ça ne m'a pas fait plaisir de t'avoir rencontré, je ne te remercie pas pour l'opportunité, et va en enfer, grosse salope. J'espère de tout cœur que tu souffriras encore plus, en bas.

Je recule de quelques pas, pour me donner de l'espace. Pour profiter du jouet infernal dans mes mains… j'avais presque oublié que j'en ai maintenant deux…

Je mets Anaïs en joue. Avec les deux pistolets mitrailleurs. Je tiens la gâchette enfoncée durant plusieurs secondes. Sept ou huit secondes d'arrosage. Je la poivre de plomb, de haut en bas, de gauche à droite. Elle bouge sans le vouloir sous l'assaut des balles, la vie l'a déjà quittée depuis longtemps. Je relâche la détente des deux fusils d'assaut exactement en même temps. Pas une seconde de plus.

Elle est tellement trouée qu'elle ne

bougerait pas d'un poil advenant une tempête de vent. Et je suis pas mal certain qu'en me concentrant, je peux voir ce qui se passe derrière elle, par chacun de ses orifices ensanglantés et fumants. C'est du plus bel effet...

Ça fait changement de pas l'entendre chialer, mais c'est vrai qu'une passoire, ben ça parle pas.

Je repasse mes uzis en bandoulière, ramasse ma hache sur le sol, la replace dans son fourreau et me dirige hors de la pièce en prenant soin de pas me crisser les pieds partout, sans même un dernier regard vers mon ancienne patronne.

- Pat ? M'entends-tu ?

Les secondes s'écoulent...

- Gerry ? C'est toé *man* ? Ça va ?
- Oui c'est moi. J'ai fini ce que j'avais à faire. Peux-tu venir me rejoindre au troisième, à la suite Sanchez ? J'ai besoin d'un coup de main.
- Comment ça ? T'es sûr que t'es correct ? Charlotte est icitte au bar avec moé

pis Romy. Elle file pas ben ben la p'tite... Pis c'est qui Sanchez ? J'savais même pas qu'y avait des suites...

- Anaïs ciboire ! Sanchez, c'est son nom de famille !

- Ah ! J'sais tu moé crisse !

- Elle l'a dit au souper l'gros, tu devais être dans les vapes... ou dans les shorts à Charlotte...

- Hahaha ! Fort probable que ce soit le deuxième choix *man* !

- Haha !! Bon, amène ton cul pis laisse Charlotte avec Romy.

- K, j'm'en viens *big*, bouge pas. Mais... y'a personne avec toé là, hein ?

- Juste des morts Pat. J'ai deux cadavres ici. Un jeune plouc pis notre folle nationale.

- C'est qui le...

- Heille !! Claire Lamarche[9] !! Ta yeule pis déguédine ! On jasera quand tu seras arrivé.

- Hahaha ! *Fuck you* câlice !

À regarder partout autour de moi, je

---

[9] Animatrice et productrice de télévision québécoise connue entre autres, de par son émission *Les Retrouvailles*, dans lesquelles elle tente de réunir des familles séparées par les aléas de la vie.

réalise que les endroits où je peux mettre mes pieds sans les foutre dans le sang sont plutôt rares. Mes vêtements sont tâchés à grandeur, mes godasses aussi. Même mon visage, je pense, faudrait que je trouve un miroir. J'ose même pas me lécher les babines, au cas où j'en ai reçu en pleine face. Je me déplace sur la pointe des pieds, pour pas trop déconcrisser la "scène de crime" et me dirige vers les bécosses. Je dois me nettoyer un minimum.

Première fois que je me débarbouille dans la salle de bain de Jennifer Lopez. Y'a plus de marbre ici que dans le palais de Saint-Pétersbourg. Et c'est plus grand que mon minable deux et demi. Bref, du grand n'importe quoi. Crisse de poule de luxe de câlice.

J'ai terminé ma besogne et j'ai pris soin de tout nettoyer. Inquiétez-vous pas, j'ai eu la brillante idée de voler une paire de gants de cuir à la salle d'arme pendant que mes deux bozos s'obstinaient encore. Autrement, mes "mimines" auraient laissé des traces un peu partout. L'idée, c'est de partir du Québec la tête en paix, pas de laisser une piste balisée aux flics qui se chargeront de l'enquête.

Ça cogne tout doucement à la porte. Mon cœur fait huit tours avant que je me décide à aller ouvrir. Hourra, y'a un œil magique... C'est mon grand jambon de chum.

- Dépêche-toi, entre !
- Oh *fuck* de *shit* Gerry... C't'un crisse de carnage icitte *man* ! *What the fuck* !?
- Ouin... Fais attention, c'est... salissant mettons.
- T'es t'un crisse de malade *big*. T'es qui au juste ? Un ancien marine ? Un ex-agent du KGB[10] ?
- Arrête donc hostie. J'ai juste saisi les opportunités quand elles se sont présentées. Mais je vais t'avouer que je me surprends un peu pas mal. Je sais pas d'où je tiens ça, pis ça me fait *freaker* autant que toi Pat. J'ai juste hâte de décâlisser d'ici au plus crisse. Aide-moi à trouver le coffre. Marcel m'a dit qu'il était dans la suite d'Anaïs.
- Ok *man*, j'vais aller vers le salon, toé, va voir...

---

[10] Le **KGB** (Komitet gossoudarstvennoï bezopasnosti, en alphabet cyrillique : КГБ, Комитет государственной безопасности), c'est-à-dire Comité pour la Sécurité de l'État, est le principal service de renseignements de l'URSS post-stalinienne, où il avait notamment la fonction de police politique.

- Je pense que je sais...
- De quoi ?
- Dans le bureau, où Charlotte était attachée... c'est logique.

J'avais raison. Un putain de gros en plus... Moins immense que celui d'une banque, mais quand même...

- Woah... L'gros... T'as-tu pensé que ça se pourrait qu'y aille rien dans le coffre ? Peut-être que Marcel s'est foutu de ta yeule *man*...
- Câlice ! Fais-tu exprès tabarnac pour toujours me décourager ? Crisse, arrête ça ! Ça fait chier solide hostie !
- Ok *man*, *sorry*... Je suis messimisse de nature...
- Hahaha ! Ben tu le seras s'il est vide ok ? Bon là, *shut the fuck up* deux secondes que j'ouvre ça. Pis, c'est pessimiste Pat, pas messi-truc.
- Hein ?
- Laisse faire !

On y va... je sue de la poche hostie... Vivement une douche après tout ça.

Trois tours à gauche jusqu'au

trente-quatre.
Deux tours à droite sur dix-huit.
Un tour à gauche jusqu'au quarante-quatre.

Mon sang fige dans mes veines, il fait froid tout d'un coup. J'expire une bouffée d'air contaminée d'anxiété.

Cloc, pchttt, clonk, ploc.

- Gerry !!! T'as réussi mon tabarnac !!!
- Chut, attends…

J'ouvre enfin l'épaisse et lourde porte d'acier… Des billets canadiens… Des tonnes. Une chiure de liasses de billets de $100. À regarder comme ça, je dirais… trois ou quatre cent mille dollars. Mais je vais les compter, c'est peut-être plus que ça.

- *Holy fuck* de chien de crisse de tabarnac !! *Man* ! Hahahaha !! Y doit y en avoir pour des millions Gerry !!!
- Les nerfs avec tes millions Pat. Marcel m'a dit quelques centaines de mille. Pas des millions. Mais on va *checker* pareil.
- Je pense qu'y a au moins un million et demi perso, l'gros…

- Et t'es un spécialiste des piles d'argent parce que ?

- Parce que j'avais un oncle, dans le temps, qui dirigeait une caisse populaire.

- Ah ouin ? C'est quoi le rapport ? Il t'enfermait dedans pour que tu prennes des *guess* sur combien y'avait de bidous dans la voûte ?

- Ben non, *man*, t'es malade ! J'avais pas le droit ! Mais j'y allais des fois avec lui, pis y me montrait des piles de différentes grosseurs en me disant ça valait combien à peu près.

- Je faisais du sarcasme Pat. Pogne ta moitié, je vais prendre l'autre. Pas envie de passer des heures ici, ça commence à sentir le câlice…

Au bout d'une trentaine de minutes à compter, j'en suis à près de trois cent trente-trois mille dollars… de ce que je vois du côté de Pat, c'est très similaire.

- T'es rendu à combien ? Tu dois achever toi aussi ?

- Euh… deux cent soixante-dix-huit.

- Crisse…

- Qu'est-ce qu'y a ?

- On a un peu plus de six cent mille

tomates Pat...

- *Fuuuck* !! Hahahaha ! T'es trop hot Gerry, je peux-tu t'emprunter une coupe de piasses ? Hahahaha !

- Je comprends pas, tu réalises que t'en a la moitié hein ? Pis si ça te dit, on décalisse ensemble du Québec.

- Quoi ?! Pour vrai ? Voyons crisse... Certain que je pars avec toé ! Qu'est-ce que tu veux que je câlice icitte, tout seul comme un raisin ? On irait où ?

- J'sais pas encore, on y pensera en chemin. As-tu un passeport ?

- Euh... Oui, y'expire l'an prochain. Je l'ai dans ma table de nuit. Toé aussi t'en a un ?

- Ouais, je l'ai fait faire en début d'année, ça fait longtemps que je pense à partir, mais j'ai jamais eu les fonds...

- Je comprends *man*...

- J'avais pensé sacrer mon camp en Europe... quelque part genre en Allemagne ou en Roumanie. Je connais la langue, pis on peut s'isoler solide.

- *What the fuck* les Allemands !? Câlice Gerry, je pensais plus au sud, quek-part proche de la Floride ou en Égypte.

- Ciboire Pat. L'Égypte, c'est en Afrique du Nord, on est loin en hostie du sud des *states*. Pis anyway, je veux rien savoir

d'habiter chez ces crisses de *rednecks* là.
- Hahaha ! Ouin, je comprends *man*. Mais t'es sûr que c'est en Afrique ? Ça fait pas de sens…

Je pense sérieusement qu'il y a une *fuse* qui vient de griller dans ma tête. Y'a vraiment besoin d'aide pour autre chose que les expressions calvaire… Je vais lui acheter un globe terrestre en sortant d'ici pis je lui attache autour du cou.

- Laisse tomber câlice. Tu verras ben.
- De quoi je verrai ben ?
- Laisse faire je t'ai dit, Pat ! Trouve un gros sac ou une petite valise pour sacrer le *cash* dedans. Faut qu'on parte là.

Il bougonne comme le schtroumpf grognon…

- Arrête de bouder Pat, t'es un homme riche maintenant.
- Va chier Gerry… pis t'as raison, j'avais déjà oublié, merci. Hahaha !

On a pas passé trop de temps à courailler après des sacs, on s'est pas fendu le cul, on a opté pour le choix facile, les valises d'Anaïs. Deux énormes malles pleines d'argent, c'est crissement plus lourd qu'on pense, une maudite chance, la cocotte a des roulettes sur tous ses hosties de bagages. Ben, ses anciens. Crisse de folle...

- Tu penses pas qu'on devrait attendre cette nuit pour charrier l'argent ? Ça va avoir l'air louche en ciboire passer devant le monde avec des valises... Pis tu devrais te changer *man*...

- *Fuck* ! Merci ! Haha ! J'allais sortir de même... Bonne idée pour les bagages, j'ai la tête dans le cul à force de tuer des gens.

- Ça parait l'gros... on en fumera un tantôt.

- Je vais aller voir dans la suite de Marcel voir s'il n'a pas quelques fringues à me refiler... *anyway*, c'est pas comme si il était pour m'en empêcher... Et j'ai aussi besoin des clés de son Lincoln...

- Veux-tu que j'y aille avec toé *man* ?
- Non, attends-moi, je reviens dans pas long.

Une opportunité sanglante pour un ex-bouffon

11. Une nuit mouvementée... pour un gars qui se prend pour un pro de la PGA

Ça commence déjà à sentir le tabarnac ici... On pourra pas rester plus tard que cette nuit, si quelqu'un découvre les cadavres avant qu'on décalisse, on est dans le baston...

Voyons ciboire, ça lui arrivait de porter des vêtements "normaux," ce crisse de Marcel là ? Je vois juste des hosties de chemises tabarnac, de toutes les couleurs, mais pas un seul hostie de t-shirt... Je vais être pogné pour avoir l'air d'un golfeur jusqu'à ce qu'on quitte cet endroit...
- Pouahaha !! Grrr... beau p'tit look mon Gerry ! Hahaha ! *What the fuck* l'gros, t'en vas-tu animer une *game* de mini-putt ?
- Haha... C'est tout ce que notre hostie de blondinet zélé avait dans son placard. J'aurais dû garder mon linge maculé de sang, j'aurais moins l'air d'un hostie de tartanpion du câlice. M'as-tu vu, hostie ? J'ai l'air d'Arnold Palmer[11] tabarnac !

- Hahahaha !
- Charlotte est où ?
- Romy m'a dit d'aller la porter dans sa chambre. Elle avait besoin de dormir en crisse Gerry... J'sais pas tout ce que Anaïs lui a fait sévir, mais elle est vraiment décrissée la pauvre. Romy m'a dit qu'elle la connaissait pas mal ben, pis qu'elle allait s'en occuper.
- Subir Pat, pas sévir... De quoi s'en occuper ? Il est quelle heure-là ?
- Elle finit son *shift* à deux heures *man*. Y reste encore une heure et quart.
- On s'en crisse de son *shift* Pat, les deux boss sont *fucking* morts !! *Remember* ?!
- Je comprends *man*, mais tu penses pas que ça aurait l'air loche si elle partait avant ?
- C'est quoi ça loche ? Louche hostie ! Pis... peut-être que t'as raison... *Fuck* !
- Relax *big*. Tsé, dans le fond là, on s'en câlice ben des filles, Gerry... On peut crisser notre camp sans elles, pas besoin d'eux d'in pattes...
- C'est pas une mauvaise idée... Et d'un coup que... Non, je me fais des scénarios débiles dans tête...
- De quoi *man* ?

[11] Arnold Palmer (1929-2016) était un golfeur américain très populaire et ayant remporté de nombreux tournois dès 1955.

- D'un coup que Romy se foute de notre gueule et qu'elle parte avec le cash...

- J'y ai pensé tabarnac... Belle comme une déesse mais sournoise comme une belette... Quoique, je l'sais pas pantoute, mais c'est une bonne idée de pas prendre le risque, je pense...

- Pas clair ton affaire mon chum... En tk.

- Viens donc prendre une bière au bar, au zank, comme tu dis...

- ...

- J'me suis fourré de mot hein ?

- Oui. Mais on s'en crisse, c'est une bonne idée. Je suis aussi ben de l'attendre ici.

- Y commence à avoir moins de monde aussi Tiger.

- Mange donc d'la marde tabarnac ! Hahaha ! Tu me lâcheras pas avec les noms de golfeurs hein ?

- Non monsieur Nicklaus, j't'en donne ma parole ! Hahaha !

- Hahaha ! Chien d'hostie !

Le cornet de plus tôt est toujours assis au même endroit que quand il m'a fait une crise. Il m'a *spotté* au moment où je suis arrivé avec Pat, et il me dévisage depuis ce moment.

- Oh Gérald ! Quelle classe ! T'as passé

du temps de qualité avec Ernie Els ?

- HAHAHA !! *BURN* !!! Même Romy se fout de ta tronche ! Pouhahaha !!

- Petite comique… J'avais pas le choix OK ? Hahaha ! Je savais pas que tu t'y connaissais en golfeurs… tu m'impressionnes un peu plus chaque fois que je te vois…

- J'adore le golf… je sais, je suis *weird*, mais j'ai pris des cours quand j'étais plus jeune et je n'ai jamais arrêté, c'est le sport parfait pour communier avec la nature, et c'est moins *rough* que l'escalade quand je file pas pour ça. Alors monsieur Trevino, quelle est la suite des choses ? Ton plan s'est bien passé ? Est-ce qu'ils sont…

- Haha… oui, ils le sont. Je ne te conseille pas d'aller y faire un tour. Ça s'est moyennement bien passé. Anaïs, même morte et trouée de partout, me tombe quand même sur les nerfs… Et Marcel a l'air d'un morceau de fromage emmental.

- Aaark… Est-ce que t'as trouvé un coffre-fort ?

Je dis la vérité ou je me la ferme ? *Fuck* !! Belle comme un diamant… mais j'ai pas envie de partager… pis on en a pas tant que ça. Mais le plus gros problème, c'est pas tant qu'y aille pas assez de *cash*, y'en a amplement hostie de goinfre, c'est que je connais *sweet fuck all* de ces filles là… Elles peuvent aussi ben nous jouer un cul pis décâlisser avec le magot à la première occasion, après nous avoir entourloupé de sexe et de mots doux, un peu comme Woody Harrelson dans *Zombieland,* avec les deux petites crisses…

- Non. Ben… oui, y'avait bien un gros crisse de coffre dans la suite d'Anaïs, mais seulement qu'une centaine de piastres à l'intérieur pis d'autres gogosses inutiles que tout le monde se contre-crisse.

Elle a paru me croire, mais Pat m'a fait une de ces faces de gros surpris du câlice dans son dos.

- Ouin, j'ai aucune idée où il aurait pu le mettre…
- C'est correct Romy, je vais chercher ailleurs. Viens-tu Pat, on va aller zieuter un peu mieux chez Marcel…
- Ok *man*.
- Voulez-vous que je cherche avec vous ? Je termine dans une trentaine de minutes. Trois, c'est encore mieux que deux non ?

Fuck ! J'haïs ça lui mentir en pleine face.

C'est plus *tough* de tromper quelqu'un quand cette personne est aussi *hot* qu'une île déserte en plein soleil. Et qu'elle me lance un sourire à faire fondre un lingot d'or.

- Ben… on va commencer sans toi, on doit se dépêcher quand même, j'ai pas envie de glander ici des heures. On reviendra à la fin de ton shift, si on a rien trouvé, tu nous fileras un coup de main.
- C'est cool. Mais revenez me voir tantôt là, et puis j'ai affaire à toi Gérald… seul à seul…

Hostie de câlice, je suis dans la grosse desche. Et elle mise un peu trop sur le fait de savoir où se trouvent les liasses de billets…

Deux choix s'offrent alors à moi… J'ai besoin de votre aide, parce que c'est pas Pat qui le fera, je le *trust* pas avec ce qui implique de prendre de grosses décisions, y'a de la misère à choisir un repas au McDonald's en dedans de cinq minutes… Faque, soit je prends mon chum pis qu'on se pique un *sprint* en haut chercher les valises et qu'on décâlisse en douce, soit on ne fout rien et on attend que la marde arrive, si une telle marde devait arriver... Je fais quoi ?

Bon, ça ben l'air que je vais devoir me débrouiller seul, parce que c'est pas en m'ignorant comme vous le faites en vous cachant derrière votre écran ou votre livre que je vais arriver à quoi que ce soit... Bande de manges-marde d'hostie.

- Promis Romy, je manquerais pas ça pour tout l'or du monde...
- Gerry, ciboire !
- Ouais. On y va.

Vous auriez dû voir le regard que Romy m'a pitchée. Un mélange de luxure, d'envie, de gourmandise... bref, une œillade digne des sept péchés capitaux... *"What's in the box !?"*

Une fois éloignés de la déesse Aphrodite, je commence mon speech à l'endroit de mon collègue et copain de sang.

- Romy est pas mal trop intéressée par le *cash* tu trouves pas ? J'avais ben envie de les sortir d'ici mais... je m'en crisse un peu plus maintenant que les deux bozos de boss sont *fucking* morts. Y'a plus de danger pour Charlotte… Qu'est-ce que t'en pense si on prend l'argent pis on sort d'ici *right now* ?

- Ah ouin l'gros ? Tu veux les abandonner icitte ?

- On les abandonne pas calvaire, le monde va appeler la police ou faire quelque chose hostie ! C'est pas des enfants !

- Mange pas tes bas, *man*, mais t'as raison. Mais c'est pas parce que t'as l'air d'un golfeur dans la fleur de l'âge que ça te donne le droit d'être bête que l'crisse avec moé *big*.

C'est vraiment lui qui vient de me dire ça ?!

- HAHAHA !! Voyons Pat ? Ça va ? Dans la fleur de l'âge ? D'où tu sors ça tabarnac !? Hahaha ! Voir que ç'a sorti de ta bouche ça ! Hahaha ! Sais-tu au moins ce que ça veut dire ?
- Ben…

What the fuck hostie ! *What's happening* !? On dirait qu'il attend que quelqu'un lui souffle les réponses…

- Être à la fleur de l'âge, c'est d'être au

summum de sa maturité et de sa forme, première étape avant le déclin lié à la vieillesse mon Gerry...

- ...

Coudonc hostie, il s'est transformé en génie tout d'un coup ?

- T'es ben bizarre... Hostie !! Blanche ?!
- Hahahaha ! Elle a réussi à me parler *man* ! C'est hot hein ? C'est elle qui m'a dit de te dire ça ! Hahaha ! Esti qu'est *hot* la bonne femme !
- T'es pas sérieux ?! Ça fait longtemps que vous me niaisez de même ? Hahaha ! J'ai eu peur que tu sois partie Blanche...

Moi aussi mon petit sacripant... Tu es prêt ? Je te raconterai ce que tu veux savoir plus tard. L'âme de cette Romy est sale, et comme tu l'as dit, les vacanciers sont en sécurité, c'est vous deux qui ne l'êtes plus. Ces deux débiles, comme tu les appelles si bien Gérald, ont des amis, avaient, des amis puissants. Je viens tout juste d'en entendre deux discuter au bar. Romy semblait les connaître également, et ils avaient l'air complices. Ils portaient même des pistolets à leur ceinture. Vous devez partir, maintenant !

- TABARNAC !! Blanche, tu nous suis ? Pat, on monte chercher les valises.

Je préfère rester ici, je suis invisible et pourrai ainsi vous prévenir si quelqu'un approche.

Quelques jours plus tard...
Sur le site de la cathédrale

- Qu'est-ce qui s'est passé ici mademoiselle Tétrault ?
- Appelez-moi Romy, s'il vous plaît, monsieur le détective. En gros, deux gars d'une quarantaine d'années sont venus ici en vacances sur notre magnifique site. Ils sont arrivés lundi le 9 vers minuit. Je travaillais au bar au deuxième étage quand ils sont venus se présenter à moi.
- Mmh mh, vous pouvez m'appeler Nicolas vous savez, pas de monsieur le détective avec moi, ça me fait pousser la barbe plus vite que voulu. Et puis vous êtes trop jolie pour être obligée de plier à mes demandes...
- Vous êtes chou monsieur le détective Nicolas. Et ça me fait plaisir de vous aider.
- Merci, j'apprécie beaucoup. Et ensuite ?
- Ensuite ? Ben, tout se déroulait comme sur des roulettes, jusqu'à ce que ces deux malades s'en prennent aux vacanciers !! Ils ont tué deux ou trois personnes avant de s'attaquer aux propriétaires de l'endroit !
- Et ces deux personnes sont ?
- Marcel Turcotte et Anaïs Sanchez.

Cette dernière n'habite pas au Canada par exemple, elle est arrivée de France il y a quelques jours.

- Mmh mh... Qu'est-ce que vous savez de la salle d'armes que j'ai visité voilà une heure ? Pourquoi il y en a autant ?

- Marcel est un grand... je m'excuse, était un grand collectionneur...

- Voulez-vous un mouchoir mademoiselle ? Je comprends que cette épreuve peut être très difficile pour vous, étiez-vous proche de ces gens ?

- Non merci, ça devrait aller... Oui, j'étais très complice, ils étaient un peu comme les parents que je n'ai jamais eu.

- Dernière question pour le moment, je vais aller interviewer quelques vacanciers pour savoir ce qu'ils pensent de toute cette merde... Croyez-vous qu'ils avaient quelque chose à cacher ?

- Qui ? Anaïs et Marcel ? Non, vraiment pas. C'étaient des gens exemplaires, gentils, attentionnés et aimants. Ça faisait près de deux ans que je travaillais pour eux.

- Avez-vous une petite idée d'où ils peuvent bien être partis ? J'ose croire qu'ils ont déjà quitté le pays...

- Vous aviez dit juste une dernière question monsieur le... Nicolas...

- Je sais… C'est que vous m'avez ensorcelé, je crois…

- C'est l'effet que je fais aux gens habituellement, très heureuse que vous ne pouvez y résister également… Mais je crois les avoir entendu dire qu'ils voulaient partir quelque part en Europe de l'Ouest… genre l'Allemagne ou l'Italie… quelque chose comme ça.

- Mmh mh…

Pas très loin de là, un nuage bleuté et vaporeux explose de haine…

Cette sale harpie !! J'aurais bien dû me douter aussi…

Mais ne vous inquiétez pas trop, mon Gérald et son copain Pat sont bien assis, bière en main, dans un pub allemand. Ils sont en sécurité, pour le moment.

Jusqu'à ce que les sbires de nos deux moineaux partent à la chasse aux clowns…

Une opportunité sanglante pour un ex-bouffon

**Waxy's irish pub.
Francfort, Allemagne.**

- Y'ont ben l'air bête les Allemands *man*... pis même les *chicks*... Ils sont pas heureux le monde icitte, Gerry ?
- Arrête donc, les gens ont pas la même face pis les mêmes airs partout sur la planète Pat... Ils sont sûrement heureux... mais avec une tête de marde... *that's it* !
- Ah ouin... c'pas fou ! Tu penses-tu qu'on est *safe* ? Je veux dire...
- Arrête de stresser Pat, ça va ben aller.

Je me demande juste si Blanche va revenir un jour... Depuis qu'on a pris l'avion qu'elle est disparue tabarnac.

- J'espère que la police l'a pas...
- C'est un fantôme calvaire !!! Tu veux qu'il lui arrive quoi ? Qu'elle se fasse passer les menottes ?

Je suis ici...

- Enfin ! T'es revenue ! On commençait à désespérer Blanche...

Il ne m'arrivera rien les garçons, mais vous devez bouger, fréquemment. J'ai entendu Romy discuter avec un détective. Elle vous jette tout le blâme, elle a même mentionné que vous aviez tué Marcel et Anaïs de sang-froid, comme si ces deux-là n'avaient jamais rien eu à se reprocher…

- LA TABARNAC !!!

Et elle sait que vous êtes ici… en Allemagne je veux dire. Il n'aurait pas fallu lui détailler votre plan mes sacripants…

- Je pouvais pas prévoir !!! Et pis… elle m'a ensorcelé la chienne d'hostie !!
- Relaxe Gerry *man*…
- On peut plus faire confiance à personne de nos jours…
- Toujours quelqu'un pour nous crisser des bourgeons dans les trous hein mon Gerry ?
- … Hahahaha !! Ouin, c'est ça Pat, c'est ça…

J'ai une puissante connaissance qui pourrait peut-être vous aider… s'il est encore en vie, laissez-moi aller voir si je peux entrer en contact avec lui, bougez pas, je reviens…

- Elle pense pouvoir nous aider comment câlice ?
- Je sais pas Pat, nouveau passeport, nouvelle identité, une planque pour se cacher…

Pendant que je réponds à mon chum, mon regard dérive vers la droite, là où se trouve une copie du journal local de Francfort ouvert aux faits divers internationaux ;

Quebec, Kanada, eine junge Frau namens Charlotte Paré wurde immer noch nicht gefunden, die Rettungskräfte denken darüber nach, die Suche einzustellen…

- Fuck !! Pat ! Charlotte… elle a disparu…

Si vous pensiez en avoir terminé des aventures sanglantes et loufoques de Gérald et de Pat, et bien détrompez-vous, ce n'est que le début…

Si ça vous dit, retrouvons-nous en Allemagne, dans un futur très proche, bande de sacripants... ils vous attendent... et moi aussi d'ailleurs, mes tabarnac ! Hihihi... Ce n'est pas une très bonne imitation de Gérald hein ?

Rendez-vous à Francfort, commandez une bière, et patientez... on vous rejoint...

Restez à l'affût, la merde continue, dans un tout nouvel emballage, avec le même bon goût...

... Mais pas comme les boîtes de *Kraft Dinner,* ça goûte le câlice de carton maintenant, parole de Gerry.

Fin

Remerciements

Tout d'abord, j'aimerais et me dois de remercier mon ange, ma femme et complice de toujours, pour ses idées, ses encouragements incessants, sa passion, son engouement pour mes textes et pour tout son amour. Je t'aime ma poule.

Le groupe Facebook Les lecteurs de romans Noirs/ Horreur/ Policier pour tout l'ensemble de son œuvre et les supers admins qui le gèrent.

Vous, les membres, bande de dégénérés à qui quelques bouquins ne suffisent plus. Votre passion, votre gentillesse, votre bonne humeur, vos bons mots, vos retours, votre participation et votre présence sur le groupe en font un havre de paix pour nous, petits et moins petits auteurs.

À ma famille, qui réalise petit à petit que finalement, j'en suis un auteur moi aussi, pas juste le fils de l'autre ou l'oncle de Fabien.

Mes amis et collègues, Alex Tremm, Éric Quesnel, Steve Anderson, Oliver Krauq, Joli Jan, Dave Turcotte-Lafond, Ghislain Taschereau, Mikaël Archambault,

Graeme Villeret, Jennifer Pelletier, Elie Hanson, Émilie Maïsterrena, Éric Thériault, Sylvain Bouffard, pour n'en nommer que quelques-uns… Merci pour vos encouragements, votre aide précieuse et votre intérêt pour mes niaiseries. Vos personnalités sont source d'inspiration. Je vous aime.